경산 신아리랑

경산
신아리랑

ⓒ 신재기 2010

지은이 ｜ 신재기
펴낸이 ｜ 신중현
펴낸곳 ｜ 도서출판 학이사

초판1쇄 인쇄 ｜ 2010년 1월 25일
초판1쇄 발행 ｜ 2010년 2월 4일

주소 ｜ 700-820 대구광역시 중구 동산동 7번지
전화 ｜ 053-554-3431~2
팩스 ｜ 053-554-3433
홈페이지 ｜ http://www.학이사.kr
ISBN 978-89-93280-20-3

경산

신재기 에세이집

신아리랑

향
아
사

경산 사랑

봄을 재촉하는 비가 촉촉이 내리는 늦은 오후다. 멀리 암청색의 성암산이 여느 때보다 선명하다. 경산시를 보듬어 안은 형상이 어머니처럼 자애롭고 포근해 보이면서도, 한편으로는 군마에 올라 변방을 지키는 장수같이 위엄이 넘치고 믿음직스럽다. 높지도 깊지도 않지만, 경산시민에게 늘 위안을 주는 산이다. 달려가 와락 안기고 싶은 충동을 느낀다.

2008년 3월에 경산신문에 '경산 신아리랑'을 연재하게 된 것은 우연이었다. 그런데 지금 생각하니 그것은 우연이 아니었던 것 같다. 격주로 지역사회와 관련된 내용의 에세이를 써 달라는 원고 청탁을 받고 주저 없이 승낙했다. 정기적으로 어떤 글을 써 내는 일이 얼마나 많은 스트레스를 받는지 모르는 바 아니었다. 하지만, 고통 끝에 얻을 수 있는 기쁨을 놓치고 싶지 않았다.

오랫동안 나에게 경산은 대구 인근의 작은 도시였다. 먼 곳이 아닌데도 경산지역에 발을 디딜 기회가 그리 많지 않았다. 고등학교 때 당시 경산으로 편입되지 않았던 반야월 주변으로 학교 소풍을 갔던 일이 기억난다. 대학에 다닐 때에는 영남대학교에서 개최되는 학술문화 행사에 더러 참가하면서 버스를 타고 경산시를 지나쳤고, 학과 동기들과 청천 유원지에 야유회를 갔던 기억이 고작이다. 고향이 경북 북부지역이라 대구를 벗어나는 나의 여행길은 주로 북쪽으로 향했고, 남쪽의 경산이나 청도에는 발길이 닿지 못했다.

1994년에 내가 근무하는 대학이 캠퍼스를 경산시 하양으로 이전하게 되었다. 이때 거처도 경산과 붙은 시지 지역으로 옮겼다. 일상의 공간이 대구에서 경산으로 바뀐 셈이다. 담티고개를 넘고 신천을 건너 대구 도심에 갈 일도 겨우 한 달에 한두 번 정도였고, 대부분 경산의 공기를 마시며 살았다. 하지만, 경산이 내가 발 디디고 있는 일상의 물리적인 공간이긴 했으나 마음속에까지는 자리 잡지 못했다. 직장이 있는 곳이니까 하양에 갔고, 필요한 볼 일로 경산시를 찾았을 뿐이었다. 실제 내 의식 속에 경산은 하얀 백지에 불과했다.

　이렇게 십 수 년이 흘렀다. 그러다가 집을 지금의 북구 서변동 무태로 옮기게 되었다. 출퇴근길이 멀었다. 경부고속도로를 이용해 북대구에서 출발하여 경산 나들목에 내린다. 묘목단지가 있는 환상리를 지나 대부잠수교와 대구선 건널목을 건너서 학교 교문으로 들어선다. 길과 풍경이 바뀌었다고 달라진 것은 없었다. 그런데 어느 시점이었는지 모르지만 내가 지나다니는 길과 주위 풍경이 눈을 통해 내 마음에까지 찾아들기 시작했다. 그 이전에도 언제나 그 자리에 있었을 터인데 보지 못했다면, 이는 결국 그것을 받아들일 마음의 문이 닫혀 있었기 때문일 것이다. 나는 오랫동안 내 밖의 것을 관심 있게 바라보고 그 존재를 받아들이는 데 익숙하지 못했다. 욕망과 맹목에 갇혀 내 주위에 실재하는 모든 것을 있는 그대로 수용할 수가 없었다. 경직된 이성과 무거운 관념을 좇는 일에만 매달렸던 것 같다.

　어느 날 밤, 늦은 퇴근길이었다. 금호강을 건너 환상리 길을 가는데, 상현달이 앞 차창에 붙어 있었다. 깜짝 놀랐다. 이때의 심정을 〈퇴근길〉이라는 글에서 이렇게 표현했다. "하양에서 금호강 위 대부잠수교 지나면 이름하여 환상리, 환상리 굽은 길 나온다. 밤 여덟시 초저녁인데 윤칠월 초여드레 반달이 차창에 기대선다. 구름 위에 떠 있어 구름 피하지 못하고 얼굴에 희뿌연 수심이 골지고 있구나. 저 달 어디선가 보았는데. 어릴 적 장 보러 간 아버지 기다리다 무심코 쳐다본 달이다. 고향 가는 버스 끊겨 삼십 리 밤길 걷는데 뒤따라오던 그 달 아닌가. 오지 않을 아들 기다리며 한숨짓던 어머니 얼굴이다." 아마 이 무렵부터 풍경을 내 마음에 조금씩 새기기 시작했던 것 같다.

　하양 대부잠수교 부근의 금호강이 얼마나 아름다운지 알게 되었다. 한 여름에 경산시민들 틈에 끼여 남천강변도 걸어 보았다. 복사꽃에 홀려 경산 곳곳을 누볐다. 남산면 발길 뜸한 어느 복숭아밭 한가운데 수줍은 듯 세월 지키는 삼층 석탑이 지금도 잘 있는지 궁금하다. 용성성당 구룡공소로 가는 길은 등에 식은 땀이 날 정도로 험하고 가팔랐다. 대추리 대추밭을 찾아갔다가 들 한복판에서 길을 잃고 헤매었던 기억이 생생하다. 진량공단에서 만난 우즈베키스탄에서 온 외국 근로자 벡의 순한 눈망울이 선하다. 최근에 와서야 겨우 우리 학교 운동장 앞에 있는 금호서원을 찾으면서 가까이 있는 것에 대한 나의 무심이 부끄러웠다.

　경관이 수려하고 역사의 흔적이 남은 곳만이 명소는 아니다. 공간을 차지하는 모든 존재는 자기 고유의 가치를 가진다. 사람의 마음이 그것의 가치와 아름다움을 발견하지 못할 뿐이다. 그러니 마음은 늘 풍문을 쫓아 먼 곳으로 향한다. 대상보다는 그것을 보는 주체의 마음 자세가 중요하다. 내 밖의 존재들을 관심 있게 바라볼 때, 내 안이 기쁨으로 넘칠 수 있다. 그 관심이 바로 사랑이다.

내가 서 있는 이곳 가까이에도 찾아 가볼 만한 곳이 많다. 마음의 문을 열지 못하니 그것이 내 품안 들어오지 못하는 것이다. 마음의 문을 열어야 한다. 마음의 문을 열지 못한다는 것은 사물과 대상을 보는 심지가 깊지 못하거나 욕망의 찌꺼기가 탁하기 때문이다. 풍경을 찾고 공간을 찾아 그 속에 녹아든 시간을 발견하는 것이 삶의 무늬를 아름답게 새기는 일이다. 나는 경산을 사랑한다. 그래서 나의 경산 기행은 끝나지 않을 것이다.

책에 수록한 대부분의 글은 『경산신문』과 『경일대신문』에 연재된 것이다. 현장답사와 집필 과정에서 경산을 잘 아는 사람들의 도움을 많이 받았다. 이 글을 모아 책으로 간행하는 데에도 힘을 보탠 분이 많다. 이 모든 분들에게 감사드린다.

2010년 1월
신 재 기

| 목차 |

1부

산과 강

남천강에 경산 있다

경산시 한복판에는 남천강이 있다. 남천강은 남에서 북으로 흐른다. '흐르기' 보다는 '있다' 라고 하는 것이, '남천강' 보다는 '남천' 이라고 부르는 것이 더 어울릴 성싶다. 강이라고 하기에는 부족한 듯하고, '시내' 라고 부르기엔 제법 강의 모습을 갖추었다. 수량이 부족하여 허연 속살을 드러낸 그곳은 강이라기보다는 시민의 놀이터다. 잘 다듬어진 체육공원이다. 경산시 한가운데 남천이 흘러가고, 남천을 중심으로 경산시가 있다.

강을 중심으로 동쪽은 옛 시가지고, 서쪽은 80년대 이후 개발된 아파트 단지다. 그러니 남천은 경산시 도심을 동서로 갈라놓는 경계인 셈이다. 그렇다. 강은 경계다. 양쪽을 구분하는 선명한 선이다. 강은 분리와 대립의 기호다. 강을 국경으로 삼는 나라도 많다. 때때로 강은 이별을 강요한다. 서울이 한강을 중심으로 강북과 강남으로 분리되어 문화적 차이를 드러내듯 강은 구분과 경계의 표지다. 그러하기에 강은 만남을 전제한다. 경계와 차이를 허물고 만남의 광장을 세우는 일은 그곳에서 살아가는 사람들의 몫이다. 그 강이 반목의 벽이 될 것인가, 아니면 만남의 장소가

될 것인가는 강이 아니라 사람한테 달렸다.

남천강은 양쪽을 한곳에서 만나게 하는 공동구역이다. 그곳 강변은 광장이다. 그 광장어는 언제나 사람들이 모여든다. 남천강 풍경 1호는 강변에서 운동하거나 휴식을 취하는 경산 시민이다. 남서쪽에 우뚝 솟아 강을 내려다보는 성암산이나 물안개에 묻어나는 우수(憂愁)도 조연(助演)에 지나지 않는다. 여명과 함께 강변을 걷거나 달리는 사람들, 한낮의 햇살을 받으며 한가로이 대화를 나누는 연인과 이웃들, 날 잡아 벌어지는 시끌벅적한 행사와 축제, 선율로 밤을 깨우는 작은 음악회나 공연은 남천 강변의 콘텐츠다. 경산 시민의 숨결을 타고 흐르는 남천은 경산 사람들의 강이다. 그리고 일상의 강이면서 풍성한 문화공간이다.

남천에는 사람만 모이는 것이 아니라 들꽃도 피고 물고기도 논다. 강변 방축의 시멘트 벽돌 틈 사이에 제비꽃이 겨울 끝의 차가움을 뚫고 고개를 내밀고 봄을 알린다. 무슨 사연 있기에 비옥한

남천강

땅 두고 하필 돌 틈에 뿌리 내렸을까? 애처로운 눈길 보내니 되받아 말한다. "한 곳에 뿌리 내려 바로 서면 족한데, 넓고 기름진 땅이 뭐에 필요하리오." 작은 몸체로서 어떻게 그 같은 초연함을 배웠을까? 남천에 자생하는 생물은 다 그렇다. 고향에서 못 살고 홍수에 떠 내려와 강가 이곳저곳에 터 잡은 유채꽃도 자신에게 주어진 만큼 아름다운 빛을 낸다. 조경으로 심어 놓은 화려한 왕벚꽃이 작은 풀꽃보다 더 아름답다 하지 못하리. 작거나 크고, 초라하거나 화려하다는 말은 모두 인간의 욕망이 빚어낸 허상이 아닌가. 이 세상 모든 존재는 자기만의 모양과 의미를 간직하는 법이다. 욕심을 채우려고 이곳저곳 자리를 옮기는 사람보다 얕고 탁한 물에서 온몸으로 물을 정화하는 물오리 한 쌍이 훨씬 더 의젓해 보인다. 남천은 사람에게 가르침을 주는 교과서다.

남천강에 비가 내린다. 봄비가 물안개 되어 가슴을 적신다. 강이 빗속으로 빨려들어 슬픔이 된다. 바람이 슬픔을 실어 나른다. 슬픔은 바람 타고 종이가 물에 젖어 들어가듯 강 전체로 번진다. 시인 정지상은 "비 그친 긴 둑에 풀빛은 짙은데/ 남포로 님 보내는 슬픈 노래 울리네.(雨歇長堤草色多, 送君南浦動悲歌)"라고 했다. 강은 자주 이별과 비와 슬픈 눈물로 형상화되곤 한다. 강은 건드리기만 해도 솟구쳐 오를 슬픔과 눈물을 안고 있다. 생활이 빚어내는 갖가지 슬픔은 시간이 지나면 소멸한다. 그러나 빗속으로 녹아드는 슬픔은 뿌리가 깊다. 아마 그것은 근원적이고 실존적인 슬픔이 아니겠는가? 비 오는 날 남천 강둑에 우산을 받고 앉아서 빗줄기를 헤아려보라. 많은 빗줄기는 온데간데없고 한 덩어리 슬픔만이 덩그렇게 남을 것이다. 그것을 거부하지 마라. 그것이 내 존재의 운명적인 조건이다. 강물이 아래로 흐르는 대로 온몸을 맡기고 모든 것을 그대로 받아들여라. 강의 근원을 찾으려고 애써 거슬러 올라가려고 하지 마라. 그것은 분석적이고 논리적인 자세다. 희로애락은 논리의 차원이 아니다. 굳이 슬픔의 근원을 찾아 치유하려 하지 말고 그 자체조차 망각한 채 그냥 일상에 편입하라. 남천에는 일상이 있고, 또한 일상을 뛰어넘는 철학이 있다.

남천강은 일손 놓고 밭고랑에 펑퍼짐하게 앉아 치맛자락 걷어 올리고 속살 드러낸 채 하늘을 쳐다보는 아낙의 모습이다. 순박하기에 아무것도 감추지 않는다. 강바닥 다 드러내고서도 태연한 것은 염치와 눈치가 없어서가 아니라, 꿀릴 것 하나 없기 때문이다. 주어진 것을 받아들이는 긍정의 여유가 넘친다. 큰물 져 넘치면 넘치는 대로 가물어 마르면 마르는 대로, 남천은 있는 그대로 흐른다. 그런 남천강이 '경산'의 모습이다. 경산은 대도시 대구에 인접해 있으면서도 대구를 닮으려고 애쓰지 않는 것이 얼마나 의연한가. 그래서 더욱 정이 간다. 경산다움은 여기서 시작된다. 남천은 경산의 심장이다.
경산에 남천강 있고, 남천강에 경산 있다.

금호강을 따라

　강의 발길은 이제 여유 있다. 그러기에 강이다. 씨를 뿌려 내일을 기약하는 발원지의 야광과 의지도 흘러보냈다. 산골짜기 바위 숲을 뛰어넘던 야성도 잠재웠다. 앞으로 나아가는 직선 운동의 방향성까지도 초월한 듯하다. 아니, 앞으로만 나아가지 않고 옆을 두루 살펴 적시는 넓은 마음마저 얻은 것이다. 한량없는 자비의 마음이다. 깨달음이고 득도이다. 그래서 강은 주저 없이 자신을 비운다. 비운 자신의 자리를 나무와 풀에게 내어준다. 자기 몸 한복판에 늪을 키운다. 거기에는 물 버들이 숲을 이루고 온갖 풀이 상생한다. 강은 이들에게 자리를 나눠주어도 자신의 몫이 충분히 남는다는 것을 잘 아는 모양이다. 늪을 키움으로써 자기 몸이 맑아질 수 있고, 욕심 없이 맑아서 편안하게 흐를 수 있지 않는가?

　금호강(琴湖江)은 포항 죽장면 가사령에서 발원해 대구시 달성군 화원읍에서 낙동강 본류로 유입되기까지 장장 3백 리를 흐르는 강이다. 낙동강의 지류이지만, 지류로 불리기엔 억울하다 할 만큼 자기의 본색을 제대로 갖추어 의젓함을 보여주는 강이다. 영천시, 경산시, 대구시를 거치면서 그 중류인 영천시 금호와 경산시 하양 일대에서는 경북 제일의 금호평야의 젖줄로 흐른다. 금호강 범람원인 이곳은 도시화와 함께 포도밭, 대추밭, 묘목단지, 연근재배단지로 거듭나고 있으나 원래는 사과밭으로 유명했다. '대구=사과'라는 등식도 금호강이 만들어낸 상징적 기호다. 무엇보다 경산 하양과 대구 안심 지역의 금호강 습지는 야생동물과 식물의 서식처가 되어줄 뿐 아니라, 강물을 자정시켜주는 '자연의 콩팥' 기능을 톡톡히 한다.

영천 금호와 하양으로 이어지는 강변은 갈대의 나라다. '금호(琴湖)'라는 말은 강변의 갈대 스치는 소리가 비파를 연주하는 것과 같다고 붙여진 이름이라고 한다. 굳이 이런 유래에 기댄다면,

하양을 지나는 금호강

금호강은 원래 갈대의 강이었다. 하양 대부 잠수교에서 물띠미를 거쳐 청천으로 이어지는 지점에서 금호강의 아름다움은 절정을 이룬다. 철 맞추어 백로가 날개를 접으면 강은 넉넉한 가슴을 열고 팔을 벌리고, 물결 위에는 작은 미소가 번진다. 강은 치맛자락을 내려 온갖 물고의 치가 어린 놀이를 살짝 감추어 주기도 한다. 습지의 나무와 풀 사이를 흐르면서 강은 천진난만한 아이가 되고, 완만한 경사지를 만나면 마침내 웃음보를 터뜨린다. 여느 강도 마찬가지겠지만, 백미는 강이 석양을 담을 때다. 세상의 모든 존재는 제 혼자가 아닌 다른 것과 어울릴 때 가장 아름다울 수 있음을 말해 주는 것 같다.

하양에서 금호강을 따라 대구 쪽으로 내려가면 청천에 이른다. 팔공산 초례봉 아래에서 펼쳐지는 청천들과 금호강이 만나는 지점의 청천 유원지는 한때 많은 사람이 찾았던 명소다. 산업화가 본격화되면서 도시가 팽창하자 도시 근교에는 위락 단지가 조성되는데 청천유원지도 그런 곳이었다. 지금은 매운탕 집이 옛터를 홀로 지키고 있을 뿐, 유원지 일대는 잡풀이 우거졌고 멀리 미루나무 한 그루가 졸음을 찾고 있다. 금호강이 있어 가고 싶었던 그곳, 가는 길에는 사과밭이 금단의 열매처럼 유혹의 손짓을 보냈고, 너와 나의 밀어가 새겨진 곳이다. 청천(淸泉)도 이제는 추억 속에 잦아들 뿐이다. 오로지 변하지 않는 것은 지금도 그대로 흐르는 금호강이다.

강은 저 혼자 흐르지만, 언제나 그곳 가까이 사는 사람과의 관계 속에서 이름을 얻는다. 강은 사람들에게 삶의 터전이고 젖줄이다. 사람이 강을 제대로 대접해 주지 않으면, 강은 그들의 삶을 뿌리까지 흔들어 놓는다. 강은 언제나 사람에게 많은 것을 준다. 물질적인 혜택뿐만 아니라 삶의 지혜까지 건넨다. 그런데 문명을 섬기는 인간은 당장 필요할 때만 강을 이용하고 평상시는 외면하기 일쑤다. 이러니 강이 제 모습과 아름다움을 제대로 보여줄 리 있겠는가? 금호강을 따라 대구선, 경부고속도로, 대구에서 영천으로 이어지는 국도가 나란히 평행선을 이룬다. 문명의 길 위에는 질주하는 속도만 있고, 강을 마음에 담는 여유가 없다. 금호강은 쾌속의 길옆에 있지만, 태연하게 제 갈 길을 간다. 많은 사람이 금호강을 보지 못했다고 한다. 모른다고 한다. 금호강은 오늘도 그대로 그곳에서 흐르고 있는데…….

금호강 갈대

구룡산

　구룡산(九龍山)은 경산에도 있고, 영천에도 있고, 청도에도 있다. 구룡산은 경계선을 지워버리고 얽혀 있다. 어느 지역의 산도 아닌 그냥 구룡산이다. 구룡산은 산이지만 바다다. 동해 용왕의 딸이 아홉 자식을 길렀고, 아홉의 용이 승천한 곳이라고 한다. 바다의 산이다. 굳이 바다와 산으로 구별하는 경계조차 초월했다. 산이 하늘 속을 파고들고 하늘이 산골짜기에 내려앉은 구룡산은 산이면서 하늘이다. 청도군 운문면에서 용성으로 바로 가지 않고 정상 부근을 두르는 외길이 있다. 교차와 후진을 허락하지 않는 절대 숙명의 길 같다. 길이되 길이 아니고, 숲이고 하늘이고 바다다. 그 길은 가파른 절벽의 길이면서도, 마치 넓디넓은 바다 위에 있고, 끝없는 하늘에 놓인 것처럼 태연하다. 길가에는 칡넝쿨이 혼돈의 자유와 무위를 유감없이 드러낸다. 수미(首尾)와 시종(始終)을 거부하고 경계를 무시하면서 구룡산은 분명히 그곳에 있었다.

　산에서, 그것도 첩첩 산중에서 십자가를 짊어진 예수를 만나는 일은 낯설다. 구룡산 정상 부근, 굳이 행정 구역으로 따지면 청도

군 운문면 정상리인데, 그곳에 경산 용성성당 구룡공소가 있다. 용의 승천에서 유래한 구룡산의 이름은 추상명사에 불과하다. 구체적 내포는 바로 구룡공소일는지 모른다. 구한말 천주교 박해를 피해 온 신자들이 하나님을 섬기면서 살았던 곳이라고 한다. 역사에 의하면, 우리나라 천주교 박해가 19세기 접어들자마자 시작되었으니 어림잡아 이백 년 가까운 세월을 담은 곳이다. 그전부터 마을이 있었는지 아니면 박해를 피해온 천주교 신자들이 처음으로 마을을 일구었는지는 알 수 없으나, 지금 그곳은 하나의 성지로 남아있다. 단지 속살을 훑어가는 세월이 지어 준 이름에 지나지 않는다 한들, 신앙을 목숨 바쳐 지키려 했던 역사적 사실에 근거한다고 한들 무엇하랴? 거기에 구룡 공소가 있다는 것만의 의미로도 충분하다.

구룡마을

기도처

공소 부근 길에 질경이가 군락을 이루고 있다. 산중에서 불교 사찰이 아닌 천주교 성당을 만나는 것만큼이나 낯설다. 질경이는 사람과 차가 다니는 길가에서도 생명을 이어가는 끈질긴 잡초다. 첩첩산중의 질경이는 바로 '구룡공소'와 같은 이름이구나. 자기 인생을 예수 그리스도에게 맡기고 예수의 메시지를 진리로 믿는 사람들이 걸어갔던 길은 기쁨과 평화로만 충만하지 않았다. 온갖 박해 속에서도 신앙심을 지켰던 그들의 끈질김이 질경이 풀로 남은 듯했다. 정상으로 오르는 길에는 돌로 만든 십자가가 이어진다. 예수가 사형 선고를 받은 1처에서 무덤에 묻힌 14처까지 가는 십자가의 길이다. 그 길은 죽음의 길이면서 부활의 길이다. 그 길 따라 걷는 일은 예수를 단지 추종하는 것이 아니라, 예수의 고난을 뒤따라가면서 나 자신을 바로 세우는 것이리라. 공소 빈집 처마에 달린 작은 종 한번 쳐 본다. 맑은 소리가 구룡산에 향기 되어 퍼진다.

구룡산을 굳이 경산의 산이라고 주장한다면, 그 주인은 경산시의 가장 동쪽에 있는 마을 용성면 매남 4리다. '하늘 아래 첫 동네'라고 불리는 이 마을은 해발 650m의 고지대에 있다. 마을 주위 이곳저곳에 밭이 보이는데 묵어 잡초 우거진 곳이 태반이다. 한 때는 50가구 200여명의 주민이 살았고, 초등학교 분교까지 있었다고 한다. 모두 왜 산골에 들어와 살았으며, 또 이제는 그곳을 떠나 어디로 갔는가. 산골이 마냥 좋아서 찾아들었는가, 산 아래

평지에서 발붙이기 어려워 밀려왔는가? 산촌은 가진 자와 힘센 자의 핍박이나 난리를 피하는 데에는 좋은 장소다. 산골 살이가 얼마간 반사회적이어서 모순과 차별이 덜한 까닭이다. 하지만, 자연이 폭력으로 다가올 때도 잦다. 반문명에서 견디고 살려면 완전히 자연과 한 덩어리가 되든지, 아니면 자연의 힘을 초월할 수 있는 이념의 푯대를 높이 꽂든지 어느 한 쪽을 선택해야 할 것이다. 어느 것이든 쉽지 않았으리라.

동쪽으로 경주 남산, 남쪽으로 가지산, 북쪽으로 팔공산을 바라보는 구룡산은 이 일대의 주산이라고 한다. 풍문이어도 괜찮다. 그렇지만, 경산의 동쪽을 지키는 경산의 산임은 분명하다. 경산에는 금호강과 만나는 두 개의 물줄이 있다. 하나가 용각산에서 발원하여 북쪽으로 흐르면서 경산시 중심을 통과하는 남천이다. 다른 하나가 바로 용성면 구룡산에서 발원하여 북쪽으로 흐르면서 압량들을 적시는 오목천이다. 오목천을 자세히 들여다보아야 경산이 보인다고 할 정도로 오목천이 경산에서 차지하는 의미는 크다. 구룡산이 단지 오목천의 발원지기 때문에 신성시해야 한다는 것은 맹목적이다. 아름다운 풍경, 울창한 나무, 물이 흐르는 계곡은 산의 관념적 내포에 불과하다. 구룡산이 살아 숨 쉬는 산이 되도록 하려면 지금에 걸맞은 고유한 내용을 창안해야 한다. 이는 경산 사람들의 몫이다.

대부잠수교

강을 가로질러 다리가 있다. 다리는 강을 위에서 제압하려 하고 강은 밑에서 다리의 뿌리를 흔든다. 다리는 강의 몸 위를 거만하게 지나가고 강은 수가 틀리면 언제나 다리의 발목을 걸어찰 형세다. 교차하는 다리와 강은 우호적일 수 없는 운명인 것 같다. 그래서 다리는 강물의 범람을 막으려고 교각을 튼튼하게 하고 자신의 몸을 높인다. 강물은 앞길을 가로막는 다리를 귀찮은 존재로 여기고 다릿발의 콘크리트를 조금씩 깎아내고 철근을 부식시킨다. 하지만, 다리의 존재 의의는 강이 있기에 드러난다. 강이 없으면 다리가 필요 없기 때문이다. 강은 다리의 존재 조건이며 가치이기에 좋은 다리는 강을 이기려 하지 않고 끌어안는다. 강을 위무하고 자신의 일부로 편입할 때, 다리는 한층 아름다운 법이다.

금호강을 가로질러 하양읍 대조리와 부호리를 잇는 아름다운 다리가 있다. '대부잠수교'다. 대조리와 부호리를 잇는다고 그렇게 이름을 붙인 것 같다. 대조리 쪽에서 잠수교로 들어가려면 강둑을 넘고자 180도 좌회전을 해야 하고, 부호리 쪽에서는 대구선 철길을 건너야 한다. 어느 방향에서나 진입하기가 수월찮다. 십 미터가 안 되는 좁은 폭에 이백 미터 남짓한 나지막한 높이의 다리에는 난간도 없다. 이 모두가 사람의 편리함보다 자연의 존재를 존중하는 마음에서 우러나온 결과라 하겠다. 그래서인지 콘크리트 교각을 세우고 상판을 연결했으나 징검다리의 안온한 느낌이 고스란히 전해온다. 징검다리는 물과 하나다. 물속에 자신의 몸을 맡김으로써 다리의 역할을 한다. 대부잠수교가 그렇다. 특히, 일 년에 한두 차례 홍수가 나면 대부잠수교는 강물이 무사히 흐르도록 아예 자신을 버린다. 강물과 맞서지 않고 자신을 숨기었기에 홍수가 지나면 금방 상처 없이 제 모습으로 되돌아올 수 있다.

다리에 들어서면 가장 먼저 금호강이 얼굴을 내민다. 화려하지 않지만, 표정이 해맑고 정겹다. 우기를 제외하고는 수량이 많지 않아 강물이 흐르는지 머무르는지 모를 정도다. 고요하기가 색실로 자수를 놓고 있는 새색시 숨결 같다. 푸른 바탕 위에 백로가 날개를 접는다. 먼 곳을 날아온 철새에게 필요한 것은 강이 제공하는 휴식과 먹이일 것이다. 하지만, 때로는 정적을 깨고 한 쌍의 백로가 엉켜 우아한 몸짓을 보여준다. 이중섭의 〈부부〉에 그려진 두 마리 봉황이 스쳐간다. 열정적인 입맞춤으로 상징되는 수컷과 암컷의 뜨거운 사랑은 우주의 신비이고 생명이다. 초라한 외형에도 대부잠수교가 아름다운 것은 이러한 생명의 근원적인

대부잠수교 둔치 유채꽃

몸짓을 목격할 수 있기 때문이다. 더욱이 자기 자신은 숨기면서도 강과 주위 풍경을 전경화하는 묘법은 대부잠수교의 매력이 아닐 수 없다.

　근년에 들어와 대부잠수교 부호리 쪽 강 둔치에 유채 단지를 조성하였는데, 이곳이 하양의 명소가 되었다. 4월이 되견 강변은 온통 노랑의 잔치다. 쉼터까지 만들어 놓아 꽤 많은 사람이 찾아온다. 유채꽃의 진노랑이 주는 이미지는 매혹적인 차원을 넘어 관능적이기까지 하다. 관능의 유혹을 좇아 연인은 한순간이나마 사랑을 확인하기도 한다. 그런데 저편 강물이 빙그레 미소를 띠고 대부잠수교 밑을 흘러간다. 그 미소는 유채꽃이 금방 지는 것처럼 그들의 사랑도 머잖아 식고 만다는 뜻인가? 그렇다. 강 둔치에 조성된 유채단지는 대부잠수교의 원래 식구가 아니다. 오히려 유채꽃이 지고 난 후 강변을 보라색으로 뒤덮어버린 등갈퀴넝쿨꽃이 대부교의 진정한 이웃이리라. 척박한 모래와 자갈광에 뿌리

대부잠수교

를 내리고 꽃을 피운 보라색의 순진함에서 대부교의 겸손함을 느낀다. 위쪽 강 한가운데에 무모하게 자리 잡고 대부교를 내려다보는 물버들의 태연함도 좋다.

다리는 이쪽과 저쪽을 이어주는 길이다. 인생살이도 길을 따라가는 것이라면 누구나 다리를 건너야 한다. 그런데 사실 건너야 할 것은 다리가 아니고 강이다. 다리는 강을 건너는 하나의 방법일 뿐이다. 예부터 인생살이를 산 넘고 물 건넌다고 했다. 살아가면서 마주치는 고비를 넘어야 하고 난간을 극복해야 한다. 강 위에 있는 다리는 살아가는 방법을 일깨워주는 지혜라 할 수 있다. 나는 매일 대부잠수교를 건너 출퇴근한다. 가끔 자신의 몸을 낮추고 언제든지 강에 몸을 맡길 각오를 하는 대부잠수교를 떠올린다. 그럴 때마다 온몸에 힘이 잔뜩 들어간 나를 발견한다. 물살을 거스르지 않고 강에 몸을 맡기면 굳이 튼튼하고 높은 교각을 만들려고 애쓰지 않아도 된다. 아직도 이를 체득하지 못한 어리석은 나를 질책해 본다.

밤에 대부잠수교를 건너보라. 운 좋으면 남쪽 하늘에 뜬 반달이 강 속에 내려와 앉은 것을 볼 수 있다. 다리가 자신을 낮추어 강물에 몸을 적시기에 가능한 일이다. 대부잠수교는 물에 잠기는 것을 두려워하지 않고, 오늘도 내려놓아야 하나가 될 수 있음을 침묵으로 말해준다.

연지, 진못 / 참못

　경산에는 못[池]이 많다. 지역 어느 곳을 가든지 고만고만한 저수지를 만난다. 못 가로는 수초가 우거지고 버드나무가 물속에 몸을 담구고 있다. 군데군데 자리 잡은 낚시꾼의 모습이 더해지면 풍경은 한가롭기 그지없다. 겉모양새나 분위기로 보아 '저수지' 보다는 꼭 '못' 이라고 불러야 제격일 것 같다. 도시가 팽창하면서 물을 담아 농사에 이용하겠다는 못의 원래 목적성이 희미해져 간다. 용도 변경이 필요했던가?

　경산의 수많은 못에 대해 어느 시인은 이렇게 노래한다.

내리는 햇살이 어디서 가만가만하여지는지
어디서 다시 모락모락한 살림이 되는지
이곳의 어느 한 길을 가기만 해도 다 안다.
이 땅의 자궁 같은 남매지에서 어느 방향이든 길을 들어도
경산의 길이란 길은 어김없이 들을 끼고 순한 산들을 내어놓는다
몇 발치만 걸쳐지면 하늘의 우물 같은 연못들,
다시 또 다른 못물들 무엇 하나 같지 않은 화폭으로 담기는 것
여기선 그리 놀랄 일이 아니다.

어디서 이 많은 호수가 와서 각기 다른 이웃을 끼고 도는지
기름진 압량벌 건흥벌판에 이르면
연지의 물입김이 온통 연꽃향을 흘리는 것, 이뿐이랴
온 들을 내려보는 동자지가 연지를 건네주며 가끔씩 끄덕이는 못물들
벌판의 옹달샘 같은 인각지가 샘터 같은 반월지를 건네는
건흥벌판 너른 옷자락을 주고
어디든 고운 길들이 호수에 호수를 건네는 경산
국도변 이팝꽃 사이로 미처 익히지 못한 동네와
그림속 물비늘이 또 반짝인다
진못, 새못 같은 잘 불리는 이름보다 더 곱게 담긴 작은 저수지가
압독국 유적처럼 그윽하다 곡식과 소산들이 모두 다 호수를 닮았다
작은 습지들마저 제각기 선한 풍경을 거느리고
오래전부터 넘치지도 않고 쉬이 마르지도 않는 곳
내리는 햇살이 그림같이 행구어져 호수의 손들이 되고
그리하여 나무가 되고 순한 흙이 되어
길이 길을 가게 한다.
　　　　　　　　—추영희의 〈호수지대〉 전문 .

　꽤 큰 규모를 가진, 경산시 신천동의 진못과 갑제동 감못도 언
제부터인지 연못이 되었다. 가운데 멍석만 한 숨구멍 몇 군데를
제외하고는 못 전체가 연으로 덮였다. 이럴 때는 연못보다는 연
지(蓮池)가 더 어울린다. 염천에 갈증을 느낀 푸른 연잎이 못물을
다 마셔버렸나 보다. 햇볕이 강렬할수록 푸른 연은 더욱 울창한
숲을 이룬다. 연지는 연의 바다다.

진못의 연

　연이 있기에 '연못'이고 '연지'다. 연꽃봉우리가 짙푸른 연잎 위로 수줍은 듯 환한 얼굴을 내밀고, 7월 하순이면 만개하리라. 그러면 연꽃이 연지의 주인이 될지 모른다. 그런데 '연'의 실체는 과연 무엇인가? 불면 날아갈 것 같은 연분홍의 꽃은 푸른 연잎을 압도하는 듯하다. 세상에 존재하는 모든 아름다운 색을 조합해 놓은 것이 연꽃이라고 한다. 그 신비로움만 보더라도 연지의 주인은 연꽃이다. 하지만, 연잎을 자세히 보라. 연의 통잎은 광대한 우주를 떠받칠 수 있을 만큼 넓고 푸르다. 연지를 지키기 위해 광야를 달리는 푸른 기마병 같다. 이런 연잎이 없다면 연꽃은 필 수 없으리라. 연지의 주인은 연잎이다. 그러나 그곳에서 낚시하는 사람을 보라. 연꽃도 연잎도 눈에 들어오지 않는다. 물속에 노니는 물고기에만 관심을 둔다. 고기가 놀도록 물을 깨끗하게 해 주는 것은 연의 뿌리다. 연의 실체는 보는 사람에 따라 다르다.

꽃과 잎과 뿌리, 모두가 연이면서 어느 것도 연의 주인이 아니다. 어느 것도 주인이 아니니 연지에는 연이 없는 셈이다. 그렇지만 연지에는 분명히 연꽃이 있다.

연꽃은 불교의 상징적인 기호다. 오래전부터 연꽃은 불교를 가까이했던 동양인의 삶과 의식에 다양한 의미로 작용해 왔다. 연은 비록 진흙 속에 몸을 닫고 있으나 어떤 오탁(汚濁)에도 물들지 않고 청정함을 유지하는 식물로 인식되었다. 종교적 가르침에서 본다면, 사람은 마땅히 깨끗하고 순수한 본성을 가꾸어 어떤 환경에 처하더라도 본성이 더럽혀져서는 안 된다는 뜻이다. 물이 묻지 않는 연잎처럼 영욕에 빠지지 않는 고매한 삶의 자세를 상징하기도 한다. 주위가 아무리 혼탁하더라도 자기만은 거기에 물들지 않고 깨끗함을 유지하는 것도 가치 있는 삶이다. 그러나 더 중요한 것은 자기뿐만 아니라 주위의 타자까지 정화하는 적극적인 태도다. 연꽃의 가치는 흙탕물까지 정화하는 데서 빛난다. 그리고 연은 열매가 익을 때 꽃을 피우는 식물이다. 이는 중생이 태어나면서부터 불성을 지니기 때문에 누구나 성불할 수 있음을 암시한다.

연꽃은 불교의 꽃이다. 종교적 의미가 겹겹이 칠해져 실상을 보기 어렵다. 연꽃으로 가는 시선이 순수해도 오랫동안 누적된 불교 교리가 그것을 가만두지 않는다. 연꽃은 있는 그대로 보면 아름다울 수도 있고, 시시한 꽃일 수도 있다. 연꽃의 분홍빛을 요염한 유혹의 에로티시즘으로 보는 것은 불순함인가? 주위 더러움에 물들지 않고 자기만이 청정한 본성을 유지하는 것은 이기적이라고 왜 말하지 않는가? 연꽃을 보는 것이 아니라, 허상의 관념을 보기 때문이다. 가섭의 일화다. 대중에게 설법하던 부처님이 말을 멈추고 연꽃을 보였다. 누구도 그 의미를 알지 못했는데, 가섭만이 미소를 지었다고 한다. 소위 '염화시중(拈華示衆)의 미소'다. 깨달음은 언어로 표현할 수 없다는 뜻. 그런데 누구나 언어를 통해 연꽃을 알려고 한다. 말을 버리고 빈손으로 다가갈 때 연꽃의 참모습을 볼 수 있다. 연지에는 '연꽃'이 아닌 '연'이 있다.

진못 겨울 풍경

진못 연지를 둘러보고 감못으로 가는 길이다. 조폐공사 앞 길가에 배롱나무의 붉은 꽃이 밉지 않다. 꽃이 핏빛이어서 집안에 두기를 꺼렸다는 미신이 전해온다. 연꽃이 불교의 교리를 함의한다고 고상한 꽃으로 보는 것과 무엇이 다른가. 감못의 연꽃도 진못의 연꽃과 다르지 않았으나, 느낌은 확연히 달랐다. 자리 잡은 배경이 다르고, 그것을 보는 눈높이가 다르기 때문이다. 후덥지근한 한 줄기 바람이 스쳐간다.

연꽃
만나러 가는

바람 아니라
만나고 가는 바람같이……

서정주의 시구다. 나는 연꽃을 만나러 가는데, 바람은 연꽃을 만나고 가는구나. 어느 것이든 이별이 전제되었음은 마찬가지다. 그러기에 연꽃은 물 위에 오래 머물지 않는다. 그 꽃자리에 영원할 수 없음을 잘 알기 때문이다. 진못과 감못의 연꽃에서 세련된 이별의 미학을 읽는다.

남매지 둑에 서서

오월 하순, 해거름에 남매지(男妹池) 둑에 섰다. 남쪽으로 제법 터를 넓게 잡았다. 주위 도로와 건물이 들어선 일부도 예전에는 저수지였다고 하니 원래 규모는 상당했을 것 같다. 짙은 청록색 물빛 때문에 호수의 깊이를 짐작하기 어려웠다. 담수가 제 색깔을 잃었음이 분명하나 호수로서 마지막 품격은 지키고 있었다. 수면의 움직임이 전혀 없었다. 멀리 보니 '비단 같은 호수'라는 상투적인 생각이 성급하게 스쳐갔다. 석양이 호수에 젖고, 저쪽 한구석에는 어리연꽃이 보일 듯 말 듯했다. 호숫가의 건물이 물속에 온몸을 길게 담구고 있었다. 하루가 무척 피곤했던 모양이다. 인접한 차도에는 호수의 나른함과는 대조적으로 차들이 바쁘게 달렸다. 물과 길이 가까운 공간에 놓여 있으면서도 각기 다른 세계를 만들고 있었다.

호수를 등지고 둑 아래로 시선을 돌렸다. 자본주의와 도시의 기계문명이 이리저리 널려 있다. 저수지 물이 젖줄이었던 임당들이 상상 속에 펼쳐졌다. 보리 추수를 끝내고 논을 갈고 저수지 수문을 열어 물을 댄다. 써레질하는 김 서방의 '이랴이랴' 소 모는 소리가 노랫가락으로 울려 퍼진다. 네 발이 무논에 빠져 옮겨 디디기조차 힘들지만 모심기 때는 소도 제 할 일을 안다. 저쪽 논에는 한 줄로 엎드려 모포기를 물속에 꽂는다. 물속은 땅이다. 땅은 물을 만나야 풍요로워진다. "올해도 풍년이고, 내년에도 풍년일세." 모내기 소리가 흥겹다. 우리 조상은 한 곳에 정착하여 마을을 이루면서 물을 가두고 논밭에 곡식을 심고 자식을 낳고 땅에 뿌리를 내리고 살아왔다. 남매지가 있어 임당들은 풍년의 바다다.

전국에서 저수지가 가장 많은 지역이 경산이라고 한다. 넓은 들을 가진 경산은 일찍부터 관개시설이 발달할 수밖에 없었으리라. 벼농사에서 물은 필수이기 때문이다. 저수지는 농사의 번창과 풍요를 보장해 준다. 그런데 물을 저수하는 것은 자연적으로 흐르는 물로는 용수 문제가 해결되지 않는다는 말이다. 인공적인

남매지

관개가 필요했던 것이다. 인공적인 것에는 언제나 힘이 소요되는 법, 그 중심에는 부와 권력이 있다. 부와 권력은 가진 자의 것이고 횡포를 수반한다. 가지지 못한 자는 횡포에 억울한 일을 당하기 일쑤여서, 늘 '한'(限)의 눈물이 마르지 않는다. 한은 끝내 죽음을 부른다. 저수지는 기막힌 죽음의 장소였다. 남매지도 그랬다.

남매지 전설은 이렇다. 과거(過擧)에 실패한 아버지가 화병으로 죽고 어머니조차 슬픔에 울다가 눈이 멀어진다. 아들이 한을 풀기 위해 과거에 도전한다. 그런데 과거보러 서울에 갈 노자가 없다. 아들은 하는 수 없이 마을 황 부잣집에 누이를 식모로 보내고 돈을 얻어 한양으로 갔다. 급제하여 금의환향했으나, 그의 동생은 황 부자 아들에게 겁탈당한 후에 못에 몸을 던졌고, 딸을 구하려던 어머니마저 못에 빠져 목숨을 잃었다. 가족을 잃은 아들도 달밤에 물속으로 들어가 생을 마감한다. 농경사회는 아름다운 산천과 풍요로운 들판을 보여주지만, 이면에는 땅과 물을 차지하려는 경쟁이 치열했다. 물의 경쟁에서 패배한 자가 생을 포기한 비극의 장소 또한 물인 셈이다. 물은 생명의 근원이면서 때로는 죽음을 유혹하는 것 같다. 남매지 전설은 넓은 임당들의 풍요 뒤에 땅을 일구며 살았던 가난한 사람들의 슬픔이 공존했음을 말해준다.

임당들

물은 움직이는 여행의 이미지다. 끊임없이 역동적인 에너지를 분출한다. 인공 호수는 이 같은 물의 역동성을 제거한 것이다. 호수의 고요는 물의 숨은 분노일 수 있다. 인간의 생산성에 희생당한 물은 언제 분노를 폭발할지 모른다. 호수가 거울의 나르시스를 통해 죽음을 유혹하는 것도 분노의 한 가닥이리라. 치수에 힘을 쏟지 않으면 물은 썩는다. 물이 썩으면 스스로 나르시스에 빠져 죽음을 택한다. 사람은 물이 살아 숨 쉬는 생물임을 알아야 한다. 이용하려고만 들지 말고 충분히 대접해 주어야 한다는 뜻이다. 첨단 산업사회의 징표가 이제는 농경사회의 산물이었던 '남매지'의 턱까지 고개를 바싹 들이밀고 있었다. 임당들과의 인연도 느슨해졌다. 원래의 역할을 상실한 남매지의 모습은 무기력해 보인다. 이제 남매지는 옛날 비극적 전설을 지워버리고 새로운 이름으로 불려져야 할 때다. 지금에 맞는 그의 존재 근거를 매겨 줘야 하지 않겠는가.

남매지에 저녁 어스름이 서서히 다가오고 있었다. 저쪽 끝에서 윈더서핑을 하던 무리도 전을 거두었다. 호수 주위를 걷던 인적도 뜸하다. 사위가 어두워지면서 호수는 본유의 나르시스가 되어 도시의 불빛을 빨아들인다. 물이 불이 된다. 남매지가 새로운 이미지로 태어나고 있었다.

장군봉 정상에서

하양 부호리 뒷산에 산불이 났다는 라디오 뉴스를 스쳐 들었다. 혹 학교 뒷산이 아니냐는 궁금증이 생겼으나 금방 기억에서 지워졌다. 겨울 지나 봄이 왔건만 좀처럼 하늘의 빗길은 열리지 않았다. 봄의 혼령 같은 바람은 대지의 습기를 모조리 증발시키고 말 태세였다. 전국에서 연일 산불 소식이 전해졌다. 그러다가 어느 날 출근길, 무심코 쳐다본 학교 뒷산 꼭대기가 검게 그을려 있었다. 주위의 초록색과는 확연히 차이가 났다. 아 저곳이 산불인 난 곳이구나, 하필 장군봉 정상인가, 어쩌다 불이 나고 말았을까? 이런저런 생각을 떠올리며 한 번 현장에 가봐야겠다고 마음먹었다.

봄은 꽃소식에서 시작된다. 긴 겨울 동안 산천은 꽃을 피우지 못한 탓인지 봄꽃은 화려하다. 하지만, 화려한 만큼 금방 진다. 자고 일어나면 줄지어 피우던 꽃이 한숨 돌리는 사이 연두색 나뭇잎 속에 묻히고 만다. 그런 봄꽃을 보면서 깊은 무상감에 젖고 만다. 마음 열고 다가가면 쉬 배반하는 것이 봄꽃이 아니던가. 오월 장군봉 오르는 산 입서에는 아카시아 꽃이 한창이다. 아카시아 꽃은 모양보다 공기에 실려 오는 향기가 매혹적이다. 그렇지만, 마음 주지 않기로 했다. 곧 등 돌리고 말 것을 알기 때문이다. 여름이 가까워지면 꽃 대신 싱그러운 신록이 마음을 위로해주기에 꽃을 밀어내어도 서운하지 않다. 상수리나무 연한 떡잎을 따서 코에 대니 풀 향기가 진하게 몸 안으로 스며든다. 시간 저 건너에 가라앉았던 유년의 기억이 파릇파릇 되살아난다.

소나무 숲 속 길을 따라 장군봉으로 오르는 길가에는 묘지가 곳곳에 널려 있다. 산 자와 죽은 자의 경계는 어디쯤이고, 죽음도 삶의 일부라는 자연의 섭리를 가르치려는가. 가파른 길을 오르니 장군봉 정상 부근이 눈에 들어온다. 화마가 지나간 흔적이 흉측했다. 잡풀은 연기로 날아가고 타다 남은 시커먼 나무 등걸만이 기괴하게 서 있다. 해발 312m의 '장군봉' 정상은 불타버렸다. 사

하양읍 전경

람으로 말하자면, 그 부위는 머리다. 마음 한구석에서는 장군봉 정기를 은근히 믿고 신성시해오던 터라, 하필 머리 부문이 자로 잰 듯이 타버린 현장을 보는 순간 불길한 생각이 스쳐갔다. 그런데 맨살이 시커멓게 드러난 군데군데에는 파란 생명이 돋아나고 있었다. 안쓰럽기 그지없다. 폐허를 딛고 일어나는 생명 앞에서 희망의 빛을 본다. 희망을 잃지 않는 한, 장군산 너는 푸른 생명의 씨앗이 있기에 머잖아 본래 모습을 회복하리라.

산 정상에서 남동쪽으로 저 멀리 하양읍이 부연 대기 속에 잠겨 있다. 금호강을 끼고 양옆으로 펼쳐진 하양들이 아득하다. 오랜 세월 동안 금호강 퇴적물이 쌓여 형성된 넓고 비옥한 들판은 하양 사람들의 마음까지 넉넉하게 만들었으리라. 오곡백과를 가꾸어온 순박한 농심이 지금도 저곳에 터 잡고 사는 사람들의 마음에 금호강 줄기처럼 끊이지 않고 흐르고 있나니. 몇 년 동안 경산 땅 곳곳을 누빈 탓에 내 시선 닿는 곳이 어딘지 금방 알겠다. 경부고속도 경산 나들목에서 내려 환상동을 거쳐 대부 잠수교와 대구선 철길을 건너 경일대학교 교문으로 들어서는 나의 출근길이 직선과 곡선으로 이어진다. 공간은 삶과 밀접한 관계에 있다. 공간은 바로 우리 삶의 터전이다. 세상에 태어나면서 누구나 어떤 특정 공간에 던져진다. 삶이란 그 공간에서 자신을 만들어가는 것이다. 그러니 일상공간이야말로 존재의 터전이며 정체성의 준거가 아니겠는가? 내 일상의 많은 부분이 산 아래 저 어느 한 공간에서 이뤄지고 있다고 생각하니 시야에 들어오는 하양읍 전경이 더욱 정겹게 느껴진다.

정상에서 뒤를 돌아 시선을 북쪽으로 옮겼다. 발아래는 낭떠러지다. 벼랑은 이백 미터는 족히 넘을 듯하다. 채석장의 굴착기 소리가 요란하다. 산을 파먹는 거대한 괴물의 몸체는 점점 커지고 언젠가는 장군산을 통째로 삼키고 말 것 같다. 머리는 불타고 한쪽 옆구리는 푹 팼구나. 끝 모르는 인간 욕망의 흔적이 아닌가. 멀리 환성산이 보인다. 그 밑에 환성사가 있다. 옛날 환성사가 불타버리고 쇠락의 길을 걷게 된 것도 어쩌면 절제와 무욕의 불심을 지키지 못한 탓이리라. 아, 환성산 너머 동쪽으로 흐르는 산줄기가 무학능선이구나. 하양읍과 와촌을 내려다보는 무학산은 하양사람들에게 아버지 같은 진산이다. 근자에 저 무학산 자락에 영천 화북의 상엿집을 이전했다고 한다. 현존하는 상엿집 가운데 원형이 가장 뚜렷하고, 각종 장례 용구와 물건이 잘 보관되어 있는 곳이다. 무학산은 언제나 자신의 자리를 내어줄 준비가 되었는가 보다. 물길은 산에서 발생하지만, 산은 물의 흐름을 막지 않는다. 품어 묶어두려고 욕심을 부리지 않으니 산은 늘 푸르고 깊은 계곡에는 물이 마르지 않고 흐르는 모양이다. 환성사골에서 발원하여 하양 시장으로 흘러들어 금호강으로 연결되는 조성천은 이 극심한 봄 가뭄을 어찌 견디는고?

　하양은 역사적인 전통을 자랑하는 고장이다. '하양(河陽)'의 '양(陽)'은 대체로 물의 북쪽을 이르는 말이니, "하양은 금호강이 굽이쳐 휘돌아 가는 곳의 북쪽 녘에 자리한 삶터"라는 뜻이란다. "고려 초에는 하주(河州)라 하였다가 현종 9년(1018)에 하양으로 개칭하고 현(縣)이 되었다고 한다. 조선 영조 때(1742)에 관아를 금락리로 옮기고 화성현(花城縣)이라 불렀다. 그러다가 고종 32년(1895)에 하양군이 되었으나 1914년 행정 구역을 통합할 때에 경산군에 편입되어 하양면이 되었다가 1973년에 읍으로 승격되어 오늘에 이르렀다." (하양읍 홈페이지) 하양은 금호강 북쪽, 그리고 팔공산 남동쪽으로 흐르는 산맥 끝에 자리 잡았으니 풍수지리학적으로 배산임수의 전형이라 할 만하다. 또한, 강 건너에는 비옥하고 넓은 들판이 펼쳐져 있어 농경사회의 풍요로운 문화가 번창할 수 있는 최적의 조건을 갖춘 셈이다. 그래서 이 고을을 '화성(花城)'이라 했던가?

문화가 융성하고 삶이 풍요로우려면 그 중심에 인재가 있어야 하는 것은 당연한 일이다. 특히, 하양에는 나라가 위태로울 때 분연히 창의했던 인물이 어느 고을보다 많았다. 임란 당시 의병장으로 활동하면서 하양을 지키려고 온몸으로 싸웠던 신해, 황경림은 그 대표적인 인물이다. 이제 21세기 하양 땅은 대학 도시가 되었다. 부호리에 경일대학교와 경동정보대학이, 금락리에는 대구가톨릭대학교가, 내리리에는 대구대학교가 인재 양성의 전당으로 터를 잡았다. 이곳에서 학문과 기술을 연마한 훌륭한 인재가 더욱 하양을 빛낼 것으로 기대한다.

상엿집

성암산을 오르며

　　남북으로 뻗은 성암산 줄기는 서쪽에서 마상에 앉아 천군만마를 호령하는 장군처럼 근엄한 모습으로 경산시를 내려다본다. 어떤 적침에도 흔들리지 않을 철옹성처럼 믿음직스럽고 든든해 보인다. 더러 검푸른 산 빛은 경박한 세태를 꾸짖는 듯하고, 환한 햇살을 받을 때는 부처님의 미소처럼 자비롭기 그지없다. 늦은 오후 산그늘은 마을까지 내려와 피로에 젖은 사람들의 일상을 어루만진다. 해가 서산에 기울 때는 와인 빛 저녁노을을 머리에 이고 밤을 맞이한다. 성암산은 사철 주야로 오르내리는 사람들을 귀찮다 하지 않고 반가이 맞아준다. 시원한 바람 한줄기로 이마의 땀 씻어주고, 초목의 그윽한 향기 청량제가 따로 없다. 어디서든 쉽게 만날 수 있는 고만한 산이지만, 경산 시민에게 성암산은 애인이고 믿음직한 친구다.

　　경산에서 성암삼으로 오르는 길은 여러 갈래다. 모두 자기에게 맞는 길을 만들려고 애썼던 모양이다. 사람들이 발자국으로 다져진 길이 온 산 구석구석을 이어준다. 옥산 1지구 뒤편을 관통하는 월드컵로를 건너 신대구부산고속도로 터널을 지나면 충혼탑이

성암사 석조미륵입상

나오는데, 거기서 갈림길이다. 사람이 덜 다니는 수정사를 끼고 왼쪽으로 오르는 길을 택했다. 아직 늦여름이 마지막 고삐를 부여잡고 있으나 산길 여기저기에는 가을의 무늬가 완연하다. 키 높은 참나무와 아카시아 나무가 등산로를 중심으로 긴 터널을 만들었다. 머잖아 모든 잎을 땅으로 돌려보내고 나목으로 겨울을 지내야 하는데도 요동 없이 태연하고 의젓하다. 온갖 새소리가 사람의 숨소리조차 삼켜버린다. 누구의 손길이었는가? 여기저기 흩어진 돌탑이 숲의 한 식구로 자리 잡고 있다. 수많은 돌을 하나하나 쌓아올린 사람의 마음은 무엇이었을까? 번뇌와 해탈이 교차했으리라.

가쁜 호흡이 가슴까지 찰 무렵이면 산 중턱에 있는 성암사에 도착한다. 가파른 언덕에 대웅전이 있고 건너편에 스님과 신도들이 머무는 집 한 채가 고즈이다. 애써 경내를 표나게 다듬지 않았는데도 정갈하다는 느낌이 든다. 예전에는 이곳에 인가가 있었다고 한다. 아마 난리가 있을 때마다 인적이 닿기 어려운 여기로 피난을 왔을 것이다. 절 주위에서 발견되는 그릇 조각에서 세월의 자취를 더듬는다. 토기, 청자, 백자 조각이 옛이야기의 전도사처럼 남아있다. 사실 성암사의 명품은 범굴 앞에 있는 석조미륵입상이다. 그 무욕의 안온한 얼굴을 보라. 만든 지 고작 몇십 년밖에 안 된 것이지만, "저것이 부처의 얼굴일 것이다."라는 생각이 들 정도로 성과 속을 자연스럽게 어우르고 있다. 대웅전 옆 화단에 홍초는 철이 지났는데도 아직 생기를 잃지 않았다. 가을 문턱에 이르도록 붉음을 유지할 수 있었던 것은 부처의 얼굴을 밤낮으로 쳐다본 까닭일까?

한 노승이 마을에서 양식을 구해 눈보라가 휘몰아치는 차가운 겨울밤에 가파른 산길을 따라 힘들게 암자로 돌아가는 중이었다. 잠시 쉬려는데, 두 눈이 충혈된 호랑이가 입을 딱 벌리고 길을 막았다. 길을 비키라고 호통을 쳤는데도 호랑이는 꿈쩍도 하지 않고 애절한 소리로 자신의 입안을 가리켰다. 스님이 가까이 가 보니 여자의 비녀가 호랑이 목구멍에 걸려 있었다. 노승은 아낙네를 잡아먹은 호랑이에게 사람을 괴롭히는 짐승이라고 호되게 꾸지람을 하고 비녀를 뽑아주었다. 그러자 호랑이는 고개 숙여 참회했다. 스님은 호랑이를 거두어들여 동자와 함께 열심히 수행을 쌓았다. 그 후 호랑이는 성암산 산신령이 되어 중생의 길잡이가 되었다고 한다. 성암산 범굴의 전설이다. 전설에 불과할 뿐이지만, 수행이란 자신의 잘못과 업보를 씻고 자기 정화에 이르는 길임을 가르쳐 준다. 범굴 안에 어느 여인의 부처님을 향한 천 배가 지극하여 아름답다.

전국 곳곳에는 이름난 산이 많다. 이름을 빛낼 만한 이유가 있기에 명산이 되었을 것이다. 경관이 빼어나거나, 훌륭한 문화유산을 간직하고 있거나, 높고 위용이 우람하거나 제 나름대로 이

성암산 돌탑

름에 값하는 바가 있으리라. 그래서 누구나 명산에 가보고 싶어
한다. 높은 산을 올랐을 따는 남다른 만족감을 맛볼 것이고, 빼어
난 경치의 산을 보고 느끼는 감탄은 풍성한 추억으로 남을 수 있
다. 하지만, 산은 변하지 않아 우리가 찾을 때마다 있는 대로 모
든 것을 보여주지 않는다. 변함없는 명산이 있다는 것은 착각일
지 모른다. 산은 그 자리에 항상 그대로 있는 것이 아니라, 산에
오르는 사람의 마음 안에 있다. 내 마음이 그 산의 나무와 꽃을
보지 못하고 새소리를 듣지 못하면 산은 그냥 산일 따름이다. 풍
경은 고정된 대상이 아니다. 보는 사람의 마음이 풍경을 담는다.
성암산은 전국적으로 이름난 명산은 아니다. 그렇지만 경산사람
들에게는 가장 가깝고 다정한 산이다. 경산 시민의 마을과 생활
속에 있기 때문이다.

　경산에는 성암산이 있다.

범굴

2부

문화유적을 찾아

임당고분

경산에서 진량으로 가는 국도변에 있는 임당동, 영남대학교 건너편 일대 구릉지에는 크고 작은 고분이 있다. 상가와 원룸 촌이 빽빽이 들어서서 근처를 지나쳐도 고분이 눈에 잘 띄지 않는다. 그곳은 현대 속에 둘러싸인 고대, 삶 가운데 놓인 죽음, 옛날이 오늘을 내려다보는 공간이다. 동서로 뻗은 이곳 일대에는 서쪽에 임당고분군, 중앙에 조양고분군, 동쪽에 부적리 고분군이 있다. 이를 통칭하여 '임당고총', 혹은 '임당유적'이라 부른다. 1980년대에 들어와 영남대학교 박물관에 의해 발굴된 고분은 원삼국 시대의 것이 대부분이지만, 청동기 후기에서 고려시대까지 거의 천년에 걸쳐 형성되었다고 한다. 단장(短葬), 양장(兩葬), 다장(多葬) 등 여러 형태의 분묘가 섞여 있다. 임당들을 낮게 내려다보는 임당고분 자리는 명당임이 틀림없다. 고분 앞에 서니 겨울 햇볕이 따뜻하고 포근하게 감싸왔다.

죽음은 인간 삶의 가운데 놓인 보편적이고 일상적인 일이다. 어느 시대든 죽음을 바라보는 관점과 처리하는 방법에서 독특한 면을 가지게 마련이므로 죽음 또한 문화의 한 부분이다. 개인의 죽음은 문화라는 공적인 차원에서 마무리되고 흔적을 남긴다. 흔적 속에는 삶의 모습과 종교와 사상이 담겨 있다. 임당고분 속을 들여다보면 삶과 죽음이 교직하는 다양한 의식을 만난다. 무엇보다 산자의 생활을 고스란히 옮겨놓으려 했다는 점을 발견할 것이다. 일상적이면서도 소중한 물건을 죽은 자와 같은 공간에 두려고 했던 것 같다. 왜 그랬을까. 삶에 미련이 남아서일까. 무덤 속의 주인은 죽은 자이지만, 부장품의 의미는 무덤을 만든 자의 생각이 아닌가. 장례 절차를 엄숙하게 진행하고 무덤을 잘 꾸미려는 것은 모두 망자를 달래는 일이다. 그럼으로써 죽음에 대한 산자의 두려움을 중화시키고자 했다. 누구도 죽음을 피할 수 없었기에 무덤 속에까지 일상의 흔적으로 그대로 옮겨놓았으리라.

임당고분

임당고총이 발굴·연구되면서 임당동 일대가 옛 압독국의 중심지라는 주장이 힘을 얻고 있다. 고고학이 사실의 확인인지 사실로 가는 해석의 과정인지는 모르지만, 묻힌 과거의 모든 시간은 현재 지식의 테두리 안에서 사실로 인정되기도 하고, 추측의 수준에 머물기도 한다. 압독국도 마찬가지다. 압독국은 신라 파사왕 때 신라에 항복하여 흡수되었다는 기록은 있는데, 언제 성립되어 어떤 형태의 국가로 존립했는지는 확실치 않다. 출토된 유물을 통해 보면 신라와 관계를 맺으면서 독특한 지역화를 가꾸었던 것으로 판단된다. 압독국 이후 역사 속의 경산은 신라가 삼국통일을 이룰 수 있도록 한 군사적 요충지였다고 하겠다. 7세기 중엽 김유신은 압량주 혹은 압독주로 불리던 경산 지역을 주둔지로 삼아 낙동강 유역의 신라 영토를 지켰고, 무열왕의 아들 김인문은 장산성 축조를 감독했다고 한다. 그래서 경산에는 김유신 장군과 관련된 곳이 더러 있다. 압량의 연무유적지가 대표적이다. 그곳은 김유신이 고을 병사를 모아 군사훈련을 한 장소다.

　임당고분은 사실 영남대학교 박물관에 있다. 임당동 유적이 기표라면 기의는 영남대 박물관 임당 특별실에 전시된 유물이다. 유물 중 토기가 가장 많은데, 이 토기는 원삼국 시대 압독국의 생활상을 이해하는 열쇠다. 이곳에서 발견된 토기가 대부분 신라 것이다. 압독국이 신라에 흡수되고 나서 문화생활도 신라의 영향을 받았을 것이다. 오늘날의 장독과 같은 큰 항아리가 눈에 띈다.

곡식을 담는 데 사용되었던 것 같다. 넓은 임당들에서 풍성한 곡식이 생산되었음을 짐작해볼 수 있다. 등에 주둥이가 나있는 오리모양 토기도 특이하다. 상상력은 금호강을 따라 서식했던 철새로 이어진다. 그리고 순장의 흔적도 보인다. 순장자의 유골이 흐트러졌다. 죽음을 목전에 두고 몸부림친 모양이다. 신라 지증왕이 순장을 금했다는 기록으로 보아 삼국시대까지 순장 풍속이 있었던 모양이다. 생에 대한 애착은 누구에게나 있거늘, 주인을 따라 죽음을 택해야 했던 자들은 어떤 생각을 했을까? 자발적으로 따라 죽기를 원한 사람이 있었을까?

고분 입구 홰나무

무덤은 사람이 살았던 흔적이다. 집이 삶의 현장이라면, 무덤은 집의 연장이다. 묘를 유택(幽宅)이라고 한다. 죽어서도 삶의 근거지인 집이 필요했던가, 아니면 죽음이 삶과 다르지 않기 때문인가. 임당유적지 한 모퉁이에 무덤이 반 잘려나간 공간에 사람의 집이 자리 잡고 있다. 그 집에 사람이 산다. 반은 죽음의 무덤이고 반은 삶의 집이다. 산 자와 죽은 자의 집이 공존한다. 삶과 죽음의 화해인 셈이다. 『수이전』가운데 일문인 〈최치원〉에 보면, 최치원이 쌍녀분에서 붉은 치마를 입은 두 낭자와 시로 화답한다. 두 낭자는 마음이 없는 혼인을 하여 요절한 경위를 말한다. 최치원은 두 낭자와 함께 연분을 맺고 이별한다. 이 전기소설에서 무덤은 귀신과 인간이 만나는 경계 공간이다. 과연 삶과 죽음의 경계가 있는가? 경계를 의식하기 때문에 죽음을 두려워하는 것은 아닐까? 임당고분 입구에 홰나무 한 그루가 기괴한 모습으로 서 있다. 마치 죽은 자의 혼령처럼.

팔공산 관봉 갓바위

　　11월 12일, 갓바위 가는 길이다. 만추의 오후는 바람조차 삼킨 것처럼 고요했다. 한여름의 정열은 떨어진 낙엽 속으로 꼬리를 내린 지 오래다. 가을 햇살이 청명하여 하늘과 대지는 높고 넓어 보였다. 계절의 끝자락을 애써 부여잡고 있는 성흥의 단풍은 아름답다기보다는 안쓰러웠다. 하양 와촌을 지나 왼쪽으로 방향을 틀어 대구 가는 길로 가다 보면 삼거리가 나온다. 거기서 오른쪽 골짜기를 따라 난 굽은 비탈길이 갓바위 가는 길이다. 이 길은 경관이 수려하기로 유명하다. 산 중턱에 마련된 주차장에서 갓바위까지는 30분이면 충분하다. 가파른 계단도 있다. 오르내리는 사람들의 숨이 턱까지 찬다. 내일이 수능시험일인데도 그리 붐비는 편은 아니다. 좁은 길가에서 '합격 엿'을 파는 노점상인의 손길도 한가하다 못해 썰렁했다.

　　갓바위는 해발 850m 팔공산 관봉에 있는 '석조여래좌상'이다. '갓바위'라는 속칭은 부처님의 머리 위에 얹힌 평평한 자연석이 갓처럼 보인 데서 연유되었다고 한다. 불상 뒤편에는 넓적한 바위가 둘러싸고 오른편에는 들쭉날쭉한 바위더미가 긴 세월

관봉석조여래좌상

을 버티고 있다. 와촌 선본사 쪽에서 오르면 불상의 좌측면이 먼저 눈에 들어오는데 친숙하고 다정한 느낌이 든다. 윗몸을 앞으로 약간 숙이고, 왼쪽 팔을 안으로 접은 채 가부좌한 모습에는 장난기가 살짝 묻어난다. 마치 칭얼대는 손자를 달래는 할아버지의 자상함과 푸근함이 물씬 풍긴다. 아마 그 많은 사람이 갓바위에 올라 부처님 앞에 엎드려 복을 비는 이유도 여기에 있으리라. 눈을 지그시 감고 입을 다문 표정에서 세상의 모든 고뇌와 번민을 다 덜어주고도 남을 넉넉함이 느껴진다. 갓바위 불상은 통일신라 시대 부처가 아니라, 오늘 한국인의 마음속에 살아 있는 부처인지 모른다.

저 멀리 피안의 세계를 바라보는 것 같은 불상 앞에는 100명이 넘게 기도할 수 있는 공간이 있다. 사계절 밤낮이 없다. 일 년에 수백만 명이 찾는다니 그곳은 거대한 광장인 셈이다. 무엇이 발걸음을 그곳으로 향하게 했을까? 영혼의 구원을 얻으려고 기도하는 사람도 없지 않지만, 대부분 팍팍한 인생살이가 주는 고달픔과 절망의 무게를 조금이라도 덜어보려고 찾은 사람이다. 성공과 건강을 빌고, 돈과 행운도 소망할 것이다. 계단 입구 표지판에도 '소원 성취'라는 말이 뚜렷하게 새겨져 있지 않았는가. 사람마다 지녔던 간절한 소망은 갓바위와 선본사 주위에서 작은 촛불로 타고 있다. 촛불을 켠 사람들의 마음을 헤아리고도 남는다. 가난, 병마, 불평등, 폭력, 억압, 소외가 주는 삶의 갖가지 고통에서 벗어나기를 소망하는 촛불은 위안이고 희망이다. 가진 자와 가지지 못한 자의 양극화가 커질수록 이곳을 찾는 발걸음은 더욱 늘어날 것이다.

갓바위 불상이 향하는 방향이 남쪽이라서 경남 지역 사람도 많이 찾는다고 한다. 높은 산꼭대기에 독특한 모양으로 만들어진 불상이 그리 흔할 수 있겠는가? 소원을 정말로 잘 들어주는지는 개인의 기도발에 달렸겠지만, 이만한 볼거리는 전국적인 명승지가 되고도 남을 터이니 사람이 많이 찾는 것은 당연하다. 사람이 모이는 곳에는 돈벌이가 된다. 돈벌이가 되니, 그곳에는 대결과 다툼이 끊이지 않는 것 같다. 관봉이 경산시와 대구시의 경계이기에 각 지자체는 갓바위를 자기네 것이라고 한다. 경산시도 갓바위 축제를 열고, 대구시 동구청도 이에 맞서 축제를 연다. 얼마 전 대구시가 갓바위 케이블카 설치 계획을 발표하자 반대하는 쪽의 반발이 거셌다. 양쪽이 내건 명분은 모두 그럴듯하다. 그런데 정작 이곳을 찾는 사람은 이런 일에 별 관심이 없다. 갓바위 불상에 기도하는 것만큼이나 그곳으로 오르는 과정도 소중하기 때문이다. '성(聖)'은 늘 '속(俗)'의 욕망 때문에 훼손될 수밖에 없는 모양이다.

선본사 쉼터에 들어가 저녁 공양을 했다. 밥 한 그릇에 멀건 나물국과 무짠지 네 조각이 전부다. 찬이 없으니 숟가락이 밥으로 먼저 갔다. 밥 냄새가 구수했다. 손님 대접으로는 부실하기 짝이 없으나, 그것이 한 끼 식사고 보면 그 의미는 절대 가볍지 않으리라. 보잘것없는 밥상에도 만족할 줄 안다면 그것만으로도 충분하리라. 소원을 성취하고 행운을 얻고자 갓바위에 올랐으나 다시 계단을 딛고 내려가 현실 속으로 되돌아가야 한다. 사바의 세계에서 고역은 피할 수 없다. 우연히 다가오는 행운에 기대어 욕망을 채우려는 희망의 판도라 상자는 더 큰 절망을 키울 수 있다. 어려운 현실을 극복하기 위한 진지한 희망이란 것도 욕망의 높이를 낮출 때 실현 가능성이 큰 법이다. 산에서 내려오는데 동쪽 하늘에 하얀 보름달이 얼굴을 내민다. 아직 땅거미가 내리기 전이다. 달도 주위가 어두워져야 제 빛을 드러내리라. 갓바위 불상도 저 달처럼 어두운 세상에 빛을 내리는 희망으로 오랫동안 그곳에 있기를 기원해 본다.

선본사

성(聖)과 속(俗), 환성사에서

　"오, 시간이여 날기를 멈추어다오." 괴테의 탄성이다. 행복한 순간을 지속시키고 싶은 욕망은 누구에게나 마찬가지일 것이다. 그런데 살아 숨 쉬는 생물은 언젠가 숨을 거두고 종말을 맞이하기 마련이다. 바위도 오랜 세월 비바람에 부식되어 작은 모래알이 된다. 튼튼했던 집도 조금씩 무너져 내리고 그 자리는 폐허로 변하고 만다. 영화를 누렸던 왕조도 멸망하고, 화려했던 문화도 쇠퇴해 시간 속에 묻혀버린다. '쇠퇴와 몰락'은 인간 삶의 가장 적나라한 표현인지 모른다. 썩어가는 기둥을 교체하고 낡은 담장을 고친들 쇠퇴를 재촉하는 시간을 되돌릴 수 없다. 죽음, 쇠퇴, 몰락, 종말, 소멸은 모두 불가역성의 시간이 만들어낸 개념이다. 역사는 더러 그럴듯하게 과거를 재구성하지만, 그것도 결국은 소문에 불과하다.

　환성사는 하양읍 사기리에 있다. 하양에서 와촌 갓바위 쪽으로 가다가 북쪽으로 팔공산 자락이 흘러내린 꽤 깊은 골짜기를 만난다. 산골짜기로 난 산길을 따라 들어가면 성처럼 둘러싸인 호젓

환성사 대웅전

한 곳에 환성사가 자리 좋았다. 초파일을 열흘 정도 앞둔 시점이
었다. 절 울타리에는 산벚꽃이 처연한 모습으로 마지막을 맞고
있었다. 지금은 몇 개의 구조물만이 남았으나 주위 폐사지는 꽤
넓다..전성기 때 절 규모는 엄청났으리라. 번창했던 지난날의 환
성사를 떠올리니 지금의 형색이 너무 초라한 것 같아 연민의 정
을 감출 길이 없었다. 하지만, 오랜 세월 동안 자리를 지켜온 아
름드리나무가 인적 드문 경내 곳곳에 버티고 서 있어 그나마 위
안이 되었다. 흥망의 세월에 초연한 네가 바로 환성사 주인이구
나. 안아보았다. 그때야 거친 손 내밀며 반긴다. 환성사 천왕문은
온데간데없고 사천왕이 나무 되어 절을 지킨다.

　환성사는 전설의 절이다. 흥망의 뒤안길은 거북바위와 연못에
얽힌 전설에 고스란히 담겨 있다. 심지왕사가 절을 창건하고 나
서 절이 날로 번창하여 하루 수백 명의 신도가 찾았다고 한다. 신

도만 많았던 것이 아니라 불심 깊은 고승도 배출했다. 이를 기념하여 일주문의 기둥도 사각과 팔각의 석주로 만들었다. 연못을 파고 누각도 지었다. 누각을 '수월관(水月觀)' 이라고 불렀다. 달이 떠 연못에 비친 아름다운 광경을 누각에서 즐겼다는 이야기다. 그것은 속세의 풍유와 향락이 아닌가. 불도를 깨우치는 일이 힘들어 잠시 휴식도 필요했으리라. 그렇지만, 수행이 고행의 길임을 왜 몰랐을까. 절에 들어서는 일주문부터 위반이다. 일주문은 흐트러진 마음을 하나로 모아 진리의 세계로 나간다는 상징적인 의미가 담긴 공간이다. 사각과 팔각의 석주는 사치고 과시로 보인다. 일심(一心)을 이루지 못하고 속계의 욕망을 키운 셈이다.

살이 델까 두려워 불을 멀리하면서, 한편으로는 불이 있는 한 불태우고 싶은 욕망을 누르지 못하는 것이 사람이다. 일주문 밖이 '속' 이면 일주문 안은 '성' 이다. 성은 성스러운 것이며, 그것에 대한 믿음이기도 하다. '성' 은 인간의 현실적 한계를 영적으로 극복하려는 구원의 길이다. '성' 은 하나이고 완전하다는 점에서 낙원이다. 낙원에서 분리되어 '속' 에 머물 수밖에 없는 것이 운명이기에 인간은 끊임없이 '성' 으로의 복귀를 기원하다. 그런데 일주문을 들어서는 것은 한걸음이면 충분하다. '성' 과 '속' 은 직선에 의해 갈라진다. 선은 경계이면서 양쪽을 하나로 통합한다. 둘은 차원이 다르나 하나다. 그런데 모든 것에는 작은 틈이 있기 마련이다. '성' 의 작은 틈새로 '속' 이 스며들면 '성' 은 결

국 허물어지고 만다. 환성사 거북바위 전설은 '성'이 '속'으로
쇠퇴해 가는 과정과 결과를 이야기한다. 그리고 '속'의 유혹으로
부터 '성'을 지키기가 얼마나 어려운 일인지를 일깨워준다. 시인
장옥관도 〈환성사에 가다〉라는 시편에서 환성사와 하양시장을
하나로 포갠다. 마찬가지로 '성'에서 '속'을 본다.

다 저문 봄날의 환성사는 이미 구름의 일이다
그날 붉은 육질의 시간 뚫고
도망치듯 찾아간 하양읍 와자한 시장바닥
푸줏간 주인은 냉동실 갈고리에 절을 매달아 놓고
뚝뚝 피 흘리는 고기를 斤으로 베어 팔았다
고기……, 물고기의 수미단이
환성사에 있다는 것이다
연밥 따먹는 자라와 매화가지 옮겨앉는 가릉빈가*
그때 불두화가 숨긴 부도나 당간지주는
거친 살갗의 화강암이다 굵은 팔뚝 속으로
와글대는 악머구리들은 서쪽에서만 운다, 울어
그치지 않는 물소리 미루나무 귀가 한층 얇아지고
날은 빠르게 어두워져 별들의 간격은
더 한층 넓어지는 것이다
날벌레들의 욕망이 채색의 단청으로 달라붙어
도무지 감춰지지 않는 지독한 살 냄새
뼈가 다 보이도록 꽃살무늬 환하게 번져 나오는
불빛과 또 저기 웅크린 짐승
　　(*가릉빈가 : 美音鳥. 妙聲鳥)

몇 년 전 환성사에 연못을 새로 팠다고 한다. 연못 주위에 새로 쌓은 돌이 고찰 분위기와 조화를 이루지 못한다. 못가에 덩그러니 놓인 긴 의자가 졸음에 겨워하는 연못을 내려다보고 있다. 궁색함이 확연하다. 그 옛날 전성기를 되찾으려는 발걸음이었던가, 아니면 옛것의 순수한 복원인가. 어느 경우든 키치의 가벼움이 묻어난다. 과거와 현재의 엇박자를 품은 대웅전에서 스님 한 분이 참선 중이고, 갓 입문한 듯한 젊은 스님은 경내를 거닐고 있다. 덩치 큰 개 한 마리가 갑자기 닥친 초여름 날씨에 숨을 헉헉거리며 스님의 승복 자락을 놓치지 않는다. 환성사의 옛 명성과 영화를 되살릴 수 있을까? 산사를 벗어나 마을로 내려오는 길에 새로 생긴 작은 사찰이 곳곳에 널려있다. 절 마당에는 연등이 즐비하다. 잔칫집 같다. '성'이 유지되려면 '속'이 필요한 법인가보다. 은행잎이 노랗게 물드는 가을 환성사를 다시 찾으리라.

환성사 연못

일주문

왕재와 반룡사

　아유다의 뱃속에는 아이가 자라고 있었다. 이제 요석궁을 떠나 원효를 찾아나서야 할 때라고 생각했다. 거역할 수 없는 인연이 기도 하지만, 가슴에 담아온 뜨겁고 지고한 사랑을 포기할 수 없었기 때문이다. 월성을 벗어나 산내로 들어섰다. 골짜기로 난 길을 따라 걸음을 재촉했다. 도망치다시피 궁을 나온지라 수행하는 사람은 시녀 한 명이 고작이었다. 청도 땅에 들어와 왕재 가는 산길로 접어들었다. 고갯길은 배부른 그녀에게 수월하지 않았다. 날은 벌써 저물어 주위는 어두웠다. 고갯마루에 오르니 어둠 속에서도 시야가 확 트였다. 주위 인가에서 새어나오는 불빛이 희미하게 깜박거렸다. 보고 싶은 원효는 저 어느 불빛 아래 있는가. 어둠 속에 묻혔는가. 온갖 상념을 안고 요석은 왕재를 내려와 압량주 땅을 밟았다. 그 후 요석은 왕재 아래 암자에서 기거하면서 어린 아들 설총을 키웠다.

　경산시 최 동단의 구룡산 주봉에서 남쪽으로 반룡산이 위치한다. 이 산줄기에는 남쪽으로 청도군 운문면과 북쪽의 경산 용성면 용전리를 잇는 해발 400m의 경계 통로인 '왕재'가 있다. 7부

왕재

능선을 타고 산길을 내려오면 분지가 나오는데, 그곳에 산과 농지의 중간 지점에 반룡사가 자리 잡고 있다. 거꾸로 반룡산 뒤편으로 난 산길을 따라 오르면 왕재를 넘어 청도 운문면으로 연결된다. '왕재'라는 지명 유래는 우리에게 많은 궁금증을 남긴다. 역사적인 사실과 유관하다는 점을 암시하면서도 분명한 단서가 될 사료가 충분치 못한 탓이다. 신라왕이 왕래하면서 붙은 지명으로 추측된다. 왕재와 반룡사는 신라가 삼국을 통일할 무렵에 살았던 김춘추, 김유신, 김인문, 원효, 요석공주 등과 같은 역사적 인물의 발자취와 숨결이 배인 곳으로 보기도 한다.

경산시에서 이곳 반룡사로 오려면 용성면 소재지에서 청도군 운문면으로 가는 길을 가다가 왼쪽으로 방향을 틀어야 한다. 골짜기의 한적한 길을 따라 가다가 '비오재' 라는 작은 고개를 넘으면, 바로 육동 분지가 나온다. 용천, 용전, 부일, 가척 등 여섯 개 부락이 자리 잡았다고 육동이라 부르는 이 분지는 해발 200미터에 위치한다. 사방이 높고 낮은 산으로 둘러싸인 이 분지는 비오재를 넘는 순간 별다른 지역에 온 것 같은 느낌이 들 정도로 아늑하고 고요하다. 반룡사(盤龍寺)에서 내려다보이는 일대가 용전(龍田) 마을이다. '반용' 과 '용전' 은 말 그대로 풀이하면 용이 자리하는 터전이다. 예로부터 용은 왕을 상징했다. 이런 점으로 보아 이 지역은 분명 그 역사적 함의가 가볍지 않은 것으로 보인다. 전문가의 의견을 받아들이면, 육동 분지와 반룡사 자리는 신라의 병참기지이고 통일을 염원하는 종교적 성지일 가능성이 크다.

역사는 과거 사실이라는 측면도 있으나 누군가가 조사하여 기록한 과거라는 의미도 가진다. 기록으로서 역사는 역사가가 과거를 조사하고 연구해 재구성한 것이다. 역사를 세우는 일은 사실을 따지는 일만이 아니라, 과거를 토대로 오늘을 이해하고 내일을 준비하려는 것이다. 오늘의 반룡사는 바로 역사를 새로 세우는 현장이다. 원효가 창건했다는 반룡사는 소실과 중창을 거듭해 왔는데, 그 유래에는 사실과 설화가 뒤엉켜 있다. 연구가 계속되어 정확한 역사가 규명되어야 하리라. 하지만, 이것보다 오늘과 내일에 필요한 역사의 장을 만드는 일이 더 중요하다. 반룡사와 왕재는 지금 새로 태어나는 중이다. 그 중앙에 혜해(慧海) 주지

반룡사

스님과 전 경산시립박물관장이었던 김종국 박사가 있다고 해도 과언이 아니다. 이들을 보면 "역사가는 인간의 살냄새를 맡게 되는 바로 그곳에 자신의 사냥감이 있음을 안다."라고 한 역사이론가 마르크 블로크의 말이 실감 난다.

춘원의 소설 〈원효대사〉에 이런 대목이 있다. 요석공주와 3일을 함께한 원효가 떠나기 직전에 "이 몸이 관세음보살님 은혜로 어미만 되오면 지극한 정성을 다하와서 아기를 기르오리다."라고 한 요석의 말에 이렇게 말한다. "어머니가 아기에게 젖을 먹일 때에는 짐승도 자비의 빛을 발하는 것이어든 관세음보살의 자비행을 닦으신 공주가 아기에게 젖을 먹이는 양은 사바세계에서 볼 수 없는 자비상일 것을 믿소." 작년에 반룡사 대웅전 뒤편에 관세음보살상이 봉안되었다. 겨울의 떨어지는 햇살을 받으며 자비로움이 환한 꽃처럼 피어나고 있었다. 왕재와 반룡사의 의미는 뚜렷한 기표에 근거하지 않는다. 이런 점에서 상징성이 강하다. 유물과 유적이 주는 것보다 이곳을 밟고 보는 사람의 마음에서 솟아나는 숱한 의미가 더욱 소중하리라.

반룡사에서 내려와 육동 미나리에 삼겹살 구워 소주 한잔 걸친다고 불심이 흔들리랴.

자두꽃밭에 피어난 모성의 불심, 불굴사

불굴사 가는 길에 때 아닌 꽃눈이 장관이다. 차창 밖 눈길이 닿는 곳마다 하얀 꽃이 눈부시다. 와촌면 박사리 일대는 자두밭 천지다. 연미색 자두꽃의 집합은 태백의 겨울 눈꽃을 연상시킨다. 팔공산 자락의 지맥이 숨 가쁘게 달려와 지친 몸을 풀어놓은 산속의 평지는 흰 꽃으로 방점을 찍었다. 봄 햇살 아래 펼쳐지는 연미색 눈꽃 밭이 불굴사 가는 길의 풍경이다. 무학산 자락을 오른다. 갓 스물 새색시 연지 볼 같은 붉은 진달래, 어린 아이 손짓 같은 노란 개나리가 피어 바야흐로 만화방창한 봄이다. 차를 세우자 자두꽃 향기가 강렬하게 다가온다. 작디작은 꽃잎들이 소복소

자두밭

복 가지에 붙어 있다. 군집(群集)이 연출하는 작품이 자두꽃이다. 한 송이의 꽃은 가까이 다가가서 보지 않으면 존재감조차 없을 만치 작다. 그러기에 자두꽃은 손에 손을 잡고 피어난다. 봄날의 불굴사 사하촌은 꽃대궐이다.

키가 큰 은행나무 한 그루가 지키고 서 있는 주차장에 차를 세운다. 오래된 절이 지니는 일주문이나 숲길은 없다. 은해사가 한 집안의 오랜 전통과 권위를 지닌 종가 같은 절이라면, 불굴사는 번거로운 절차 없이도 언제나 찾아갈 수 있는 작은집 같은 절이다. 절 마당 입구에 오래된 돌확이 몇 개 있다. 단단한 돌도 세월이 지나면 삭아지는가. 무얼 했던 돌확인지는 모르지만, 수많은 손길이 닿았으리라. 절 마당을 중심으로 몇 채의 건물이 빙 둘러선 가람 배치다. 가파른 산자락에 자리 잡았지만, 묵직한 안정감을 준다. 불굴사는 신라 신문왕 10년(690년) 원효 스님이 창건한 절이다. 절 위 암벽에 신비스러운 석굴이 있는데, 이 석굴은 불굴사 창건 전에 원효대사가 득도한 석굴이라 해서 '원효암' 또는 '불암'이라고도 불린다. 또 석굴은 김유신 장군의 삼국통일 성취 기도처로도 알려져 있다. 아마 불굴사란 이름도 이러한 연유에서 기인한 것으로 보인다. 원효가 모시던 금동석가여래입상은 대구박물관에 가 있다.

3층 석탑이 눈에 들어온다. 통일신라 양식의 3층 석탑은 자태가 단아하다. 원래 쌍탑으로 조성했을 터지만, 하나는 어딜 갔는지 흔적조차 없다. 2층 기단석으로 쌓은 탑은 보물로 지정되었다. 탑신과 옥개석, 상륜부가 적당한 비례미로 균형 있게 어우러져 눈맛이 상큼하다. 조선 시대 미인도에 나오는 여인의 자태를 닮은 탑이다. 불굴사 3층 석탑은 남성적 이미지보다 여성적 이미지가 강하다. 우리나라 석탑의 시원 양식이 되는 감은사지 3층 석탑은 삼국을 통일한 신라의 자신감이 넘쳐난다. 반면 불굴사 탑은 물색 한복을 곱게 차려입고 치맛자락을 한손으로 여미고 서 있는 여인의 모습이 환치된다. 감은사의 탑과 불굴사의 탑을 나란히 배치해 본다. 잘 어울리는 한 쌍의 부부 같다는 불경스러운 상상을 잠시 해보았다. 탑은 본래 부처님의 무덤이다. 부처님의 사리를 모신 무덤이 탑이라는 예술적 양식으로 발전한 것이다. 화강암이 많은 우리나라는 통일신라 이후 3층 석탑이 전형으로 자리 잡았다. 석탑 주변으로 맷돌과 석물이 그 옛날 역사를 말해주듯 앉아 있다.

3층 석탑 위쪽에 적멸보궁이 자리한다. 적멸보궁 뒤란의 대숲이 병풍처럼 둘러쳐져 있다. 불상 대신 진신사리를 봉안한 탑을 모신 집이다. 마당의 3층 석탑은 무엇이며, 적멸보궁에 모셔진 탑은 무엇이란 말인가. 어느 것이 진리이며, 어느 것이 부처인가. 우주만상에 불성이 깃들여 있기에 모든 생명체가 곧 부처가 아니던가. 우리가 눈으로 보는 탑과 궁은 형상(eidos)인가, 본질

적멸보궁과 3층석탑

(essentia)인가. 원효 스님은 저 위쪽 바위굴에서 도를 깨우쳤다. 면벽수도의 고행과 정진 끝에 승(僧)과 속(俗)의 경계마저 훌쩍 뛰어넘었다. 그렇다면 석탑이나 적멸보궁도 그야말로 적멸(寂滅)했을 때 진정한 불심을 깨우치게 되리라. 나무불스님이 쓴 잠언집에 이런 글귀가 있다. "만물과 나는 하나인데, 세상 사람들은 한 그루의 꽃을 바라만 보고 있지." 석탑이나 적멸보궁의 본질은 깨우침이다. 그러나 어리석은 중생인 나는 형상에만 매달려 예술적 양식 따위를 따지며 허상을 붙잡고 헤매는지 모른다.

석탑 왼편에 누각이 하나 있다. 약사여래입상을 모신 약사전이다. 고려시대 조성된 것으로 여겨지는 약사여래입상은 원래 누각 안에 모시지 않았을 것이다. 자연석 바위 위에 서 있는 부처님은 쪽을 진 여성상이다. 화려한 보관이나 별다른 장식이 없다. 검소

하고 소박하다. 삶의 신산스러운 고비를 다 넘긴 넉넉한 인상이다. 수더분한 어머니 같은 부처님 앞에서 중생은 저마다의 아픔을 호소했으리라. 민간에서 전해오는 이야기처럼 갓바위 약사여래불과 불굴사 약사여래불은 마치 부부 부처님 같다. 근엄한 갓바위의 아버지 부처님은 연화좌대에 앉아 중생의 간절한 소원 한 가지씩은 들어준다. 그런데 불굴사의 어머니 약사여래불은 왜 서서 중생을 기다리는 걸까. 노심초사 자식을 기다리는 어머니의 심정이 앉는 것조차 사치라고 여겼는지도 모른다. 그런데 누각 안에 갇힌 어머니 부처님을 보니 갑갑하다. 할 수만 있다면 누각을 걷어내고 싶었다. 누각 앞의 석등이 제법 참하다.

불굴사의 찻집 불다원에 들렀다. 찻집의 문을 열고 들어서니 향내가 확 다가온다. 창가에 자리를 잡고 앉자 저 멀리 아청색의 산맥들이 물결을 이룬다. 점점 옅어지는 산맥은 바다인 양 아득하다. 다탁 위에 있는 잠언집을 펼친다. "사방엔 꽃향기 분분하고 가끔 나는 새 즐거워라. 뒷산은 병풍처럼 둘려 있는데 멀리 펼쳐진 앞산에는 아지랑이 너울거리네. 봄 뜰은 물색이 너무나 고운데 여기 작은 토암 참으로 평안하구나!' 시장기가 돌던 차에 수제비 한 그릇을 다 비운다. 나른한 포만감에 행복이 찾아든다. 주인이 건네주는 도라지 발효차까지 얻어 마시고 찻집을 나선다.

산 아래 세상에도 분명코 봄이 왔건만, 눈먼 중생은 봄을 보지 못할 뿐이다. 절이 지니는 거리감이 더없이 평화롭다. 이 단출하고도 간결한 공간이 주는 순화의 느낌이 좋다. 번잡스러운 세상살이에 지칠 때면 정갈한 기운으로 혼탁해진 나를 씻고 싶어 절을 찾아온다. 부처님의 가르침을 제대로 공부한 적도 없거니와 불교와는 별 인연이 없이 살았다. 다만, 자연을 거스르지 않는 절집의 공간 배치와 이끼 낀 석축에서 느껴지는 자연미가 좋았을 뿐이다. 절 마당을 어슬렁거리다 보면 가파른 내 마음에도 여백이 생긴다. 그러고 보니 나는 아직도 절만 보고 부처는 보지 못한 것 같다. 차를 몰고 내려오는데, 자두밭에 어느새 산그늘이 내려와 앉는다. 해가 기우는 팔공산을 뒤로하고 갔던 길을 되돌아온다. 달리는 차 앞으로 해맑은 얼굴의 낮달이 마중 나온다. 나도 모르게 "연분홍 치마가 봄바람에 휘날리더라~~" 노래를 흥얼거려 본다.

약사여래입상

금호서원과 정승 허조

　금호서원(琴湖書院)은 현재 경일대학교 대운동장 남쪽 경계 지역에 인접해 있다. 행정상으로 이곳은 하양읍 부호 1리다. 여남은 그루의 소나무가 껑충하게 둘러서 있고 담장 주위로 푸른 대나무가 바람에 사각거리는 한적한 곳에 자리 잡았다. 마을 가장자리에 있으면서 원룸 촌 건물에 가리어 눈에 잘 띄지 않는다. 조선 세종 때의 명재상 허조(許稠)의 위패를 모시는 금호서원은 잘 정비되어 말쑥한 느낌이 든다. 사당인 경덕사(景德祠)를 비롯하여 그리 크지 않은 건물들이 조화롭게 배치되어 있다. 그래서인지 서원만의 고풍과 아취가 물씬 풍긴다. 숙종 10년(1684)에 금호리(지금의 하양읍 소재지)에 창건되었다가 경종 4년(1724)에 서사동으로 이건, 고종 때 철폐되었다. 현 위치에 재건된 것은 1923년이다. 정조 때는 사액(賜額)을 받기도 했다.

　지금가지 남아있는 서원은 유적이고 기억이다. 특별한 기능을 수행하는 장소가 아니라 역사의 현장이고 증좌일 뿐이다. 그래서 오늘날 우리가 보는 서원이란 공간은 구체적인 사실과 현실적 기능에서 발현되는 의미보다는 하나의 이미지로 남는다. 금호서원

도 마찬가지다. 그 한복판에 문경공(文敬公) 허조 선생이 있다. 금호서원은 조선 초 정치가였고 학자였던 허조의 분신이고 정신이다. 그는 공민왕 18년(1369)에 하양에서 태어나 세종 21년(1439) 71세의 나이로 생을 마감했다. 평생 벼슬길에 나갔기에 주로 개성이나 서울에서 생활했을 것은 당연하다. 하지만, 조선 시대 선비는 누구나 자신이 태어난 향리와 가문을 중시했다. 경암(敬庵) 허조도 비록 생활하는 곳은 한양이었으나 고향에 대한 애향심은 늘 심중에 있었을 것이다. 후학과 후손이 이곳에 서원을 창건하고 그의 위패를 모신 것만 봐도 그의 애향심을 충분히 헤아릴 수 있다.

조선 초기 어진 정승하면 흔히들 황희와 맹사성을 꼽는다. 허조도 이들 반열에 들어가고도 남는데, 그리 널리 알려지지 않아 안타깝다. 좌의정에 이르기까지 두루 국가 요직을 맡아 경륜을 펴면서 공평함과 청렴함을 잃지 않았다. 이에 임금도 그를 충신으로 믿었고 주위에 모든 사람도 칭송했다. 임종 시에 그는 의원에게 보이기를 마다하면서 "내 나이 70이 지났고 지위가 정승에 이르렀으며 성상의 은총을 받아 간(諫)하면 행하시고 말하면 들어주었으니 여한이 없다."라고 하였다. 그는 부지런한 실천자였다. 『용재총화』에 보면 그는 이른 새벽에 출근하여 해가 진 뒤라야 퇴근하곤 했다고 한다. 부지런하고 온 힘을 다하여 실천하는 인물로 역사는 평가한다. 이러한 근면성실함 때문에 왕으로부터 총애를 받고 험난한 정치판에서 죽을 때까지 두루 관직에 머물 수 있었을 것이다.

허조는 세종의 명을 받들어 국조오례의(國朝五禮儀) 편찬에 착수하는 등 조선 초기 예론의 초석을 놓은 사람이다. 이런 임무를 수행할 정도로 그는 예법에 밝았다. 예법과 원칙을 중시하다 보면 사고의 폭이 좁아 융통성을 잃을 가능성이 크다. 그러나 허조는 그렇지 않았다. 마음가짐이 맑고 엄한 엄숙주의자였으나 상황과 여건을 고려할 줄 알았다. 당시 조정에서 주·읍(州邑)의 창기(娼妓)를 폐지하자는 논의가 있었는데, 모든 사람이 찬성했다. 왕과 대신 모두 허조가 더욱 맹렬하게 폐지를 주장할 줄 알았는데, 그는 웃으면서 "남녀의 관계는 사람의 커다란 욕망으로서 금지할 수 없는 것입니다. 만약 이 금령을 엄중히 한다면 나이가 젊은 봉명사신(奉命使臣)인 조사(朝士)들은 다 불의의 방법으로 사사집의 여자를 빼앗게 될 것이니 영웅준걸들이 죄에 걸리는 사람이 많을 것입니다."라고 하면서 반대했다고 한다. 그는 국사를 자기 일처럼 살피는 과정에서 원칙을 준수하면서도 유연함을 절대로 잃지 않았던 것이다.

서원은 교육기관이었던 만큼 이곳 금호서원에서도 많은 인재가 길러졌으리라. 서원 창건 후 이 지역의 많은 유생이 여기서 학문을 탐구하고 세상사에 대해 의견을 교환했을 것이다. 지금 그들의 말은 흔적 없이 사라지고, 작은 발자취조차 남지 않았다. 그러나 충효의 도리를 중시하고 인(仁)과 덕(德)을 숭상했던 그들의 지성은 우리의 전통과 역사에 켜켜이 쌓여 오늘에까지 이어지고 있다. 물론 세월이 지나면서 세상과 삶의 방식은 크게 변했다. 변화를 인식하지 못하고 과거의 가치를 현재에 대입하는 것은 세상 물정 모르는 일일 수도 있다. 하지만, 인간 삶의 기본 도리는 변하지 않는 법이다. 칸트의 주장처럼, 예의와 도덕이란 의지가 아니라 의무다. 의무란 여건에 따라 변화하는 것이 아니라 정언적 명령처럼 누구나 따라야 할 법칙이다. 금호서원을 둘러보는 동안 '예'라는 화두가 떠나지 않았다.

금호서원 수교당

난 포 고 택

집은 사람이 살고 있다는 증표이다. 인간의 삶은 머묾과 여행의 팽팽한 긴장 속에서 이루어진다면, 집은 밖으로 확산하는 삶의 욕망을 안으로 끌어당기는 힘이다. 삶의 구심력이 집이다. 집밖으로 유인하는 삶의 자락은 정치와 경제 논리에 의해 작동된다. 거기에는 경쟁을 피할 수 없기에 압박이 상존한다. 그것을 해결해 주는 공간이 집이다. 집은 어머니고 모성이다. 갈등과 오욕을 정화시켜주고 삶의 활력을 생성시키는 늪과 같은 것이 집이다. 그래서 사람들은 늘 좋은 장소에 편안한 집을 짓고 안식을 희구해 왔다. 집을 보면 거기에서 삶을 꾸려간 집주인을 발견한다. 집주인의 호흡이 세월 속에 집의 기둥을 지탱해 준다. 집은 사람이고 인문(人文))이다.

용성면 면 소재지에서 청도 운문댐으로 가는 길옆, 곡신리에는 사람의 숨결이 진하게 느껴지는 옛집이 있다. 바로 난포고택이다. 노란 잎으로 순결을 끝까지 간직하려는 은행나무가 그곳을 찾는 손님을 반가이 맞이한다. 집과 나이를 같이해온 나무다. 아니 집은 세월을 넘으면서 고쳐지어졌지만, 은행나무는 그곳에서 요동 없이 집을 지켜왔으리라. 이 집은 임란 때 전라도 도사(都事)로 전주를 수호했던 난포(蘭圃) 최철견이 살았던 집으로 조선 명종 때 지었다고 한다. 난포는 향리 영천과 경주 등지에서 손자와 함께 의병을 일으켜 왜적과 싸웠는데, 아화산성 전투에 큰 공을 세운 인물이다. 국가 안위를 위해 살았던 그의 정신이 난초 향처럼 그윽하게 집 곳곳에 서려 있는 듯하다.

  난포 최철견이 조선 중기에 벼슬을 하고 나라를 지키고자 왜적과 싸운 인물이라면, 이에 관한 역사적인 고증 작업이 이뤄져야 할 텐데, 그렇지 못한 것 같다. 이는 필자의 일천한 견문 탓이긴 하지만, 지금까지 알려지거나 인터넷 상에 떠도는 정보는 믿기 어려운 구석이 많다. 전라도사, 황해도관찰사, 호조참의를 지낸 호가 '몽은'인 최철견이 어떻게 경산 용성에 집을 짓고 살았는지에 대한 정확한 내역이 많은 사람에게 알려졌으면 지금의 난포고택의 역사적 의미가 선명해질 수 있으리라고 본다. 특히, 이 집에 관한 근거 자료로 명명되는 『난포공실기』도 정확한 이름은 『난포실기』다. 이 책은 1955년 최민형이 펴낸 『최씨세고(崔氏世稿)』 6권 중 제1권으로서 최두립이 최철견을 대상으로 쓴 기록이다. 이 책의 내용이 소상히 밝혀지기를 기대해 본다. 상촌 신흠이 쓴 〈관찰사 최공 신도비명(觀察使崔公神道碑銘)〉의 주인공 최철견이 난포고택의 주인이 아닌 것 같다. 매우 궁금하다.

난포고택

난포 고택은 조선시대 상류계층의 전형적이 가옥 구조라고 한다. 솟을대문을 넘어서면 사랑채와 고방채가 있고, 그 뒤에 안마당을 지나면 안채가 나타난다. 가운데 5칸 좌우 양측은 눈썹지붕으로 1.5칸을 덧달아내고 있다. 균형 잡힌 모양새가 특이하다. 안채 오른쪽 뒤편으로 돌아가면 뒤란이 나오고 담장 넘어 사당이 있다. 사당문 왼쪽으로 큰 돌이 하나 놓여 있는데 고인돌이 분명하다. 집 후면에는 고인돌과 사당이 수호신처럼 자리 잡고 있다. 죽음과 삶이 한자리에 공존한다. 그것이 안온한 느낌이 드는 까닭은 무엇일까? 죽음을 삶으로부터 떼어놓지 않음으로써 오히려 삶의 따뜻함과 진지함을 간직할 수 있었는지 모른다. 늘 닫혀 있지만, 사당문은 생활과 이어지는 열린 통로인 것 같다.

오른쪽에 용산에서 옮겨온 정자 수오당(守吾堂)이 있고, 그 왼쪽 담장을 따라가면 넓은 안마당이 나타난다. 안마당 끝에는 정침이 서향으로 자리 잡았고, 왼쪽에 아래채가 남향으로 앉았다. 오른쪽 뒤편에 사당이 있다. 99칸 고대광실 같은 큰 집이었다지만, 소박하고 아늑한 느낌이 든다. 난포고택은 조선시대 양반가의 일반적인 구조보다 훨씬 개방적이다. 안채와 사랑채를 구분하는 담장도 없다. 제법 널찍한 마당을 사이에 두고 남녀의 생활공간을 경계 지었을 뿐이다. 자연의 결을 그대로 살린 나무와 흙, 기와로 지은 난포고택은 사람을 억압하는 위엄 같은 것이 없다. 묘사를 지내려고 타지에서 온 며느리 3대가 저녁준비를 하는 부억에서 고소한 음식 냄새가 풍겨 나온다. 쌀을 이는 조리형의 지형에 앉은 난포고택의 운경은 대를 이은 부를 소유하기보다 버림을 통해서 자신을 지키는 길을 선택했는지도 모른다.

　사람이 살지 않는 집은 집이 아니다. 사람의 호흡이 집의 기둥을 지탱해 준다. 문화재로만 보존하는 집은 사람의 접근을 꺼리는 그냥 고택일 뿐이다. 그런데 난포고택은 사람의 따뜻한 온기를 느낄 수 있는 집이다. 현재 그곳에 누가 거주하는지는 따질 필요가 없다. 목적하지 않고 지나다 들릴 때마다 운 좋게 주인의 배려를 받았다. 찾는 이들을 맞아주는 따뜻한 인정과 손길이 난포고택을 오늘까지 그 자리에 남아있도록 했을 것이다. 궁궐 같은 고대광실은 아닐지라도, 그 정도의 집이라면 권력과 부도 함께 따랐으리라. 초가삼간 누옥의 사람들을 능멸하고 핍박했다면 어찌 주춧돌이 성했겠는가. 대대로 집을 지켜온 후손들의 후덕이 느껴진다. 장독대 옆의 늑근석이 속되게 보이지 않는 까닭을 알 만하다.

경흥사와 분청사기 요지에 가다

　남천면은 경산시 남쪽에 인접하여 남성현까지 이어진다. 경산에서 청도로 가려면 남성현까지 줄곧 남천면 곳곳을 통과해야 한다. 구불구불한 길은 그곳을 지나가는 사람들에게 계절 따라 농촌의 정취와 자연의 아름다움을 제공해 주건만, 지금은 버려지고 말았다. 오직 직선과 속도의 효율성만을 염두에 둔 고속도로와 산업도로가 옛길을 무시한 채 남천면을 가로지른다. 속도를 내기 위해 높은 다릿발을 세워 공중에 길을 내었다. 빨리 가기 위해 산중턱에 터널을 뚫었다. 하지만, 새 길은 풍경을 잃어버리고 말았다. 새 길은 오직 빨리 간다는 것에만 관심을 두고, 주위 경관이나 그 길을 지나는 사람의 감정은 전혀 고려하지 않았다. 질주하는 차에서는 주위 경치를 볼 수 없다. 시간이 느리게 흐를 때 공간의 존재가 드러나는 법이다. 속도가 빠를수록 공간은 무의미해진다. 남천면을 지나가는 철로, 고속도로, 산업도로, 자연 발생적인 옛길을 보니, 현실적인 효용성을 추종하는 현대사회의 속성이 극명하게 드러난다.

　구도로를 따라 남천면을 가보자. 백천동과 석정온천을 지나 면

신전리 포도밭

소재지 덜 간 지점에 오른쪽으로 방향을 틀면 대명교가 나온다. 거기서 왼쪽으로 가면 경흥사로, 오른쪽으로 가면 산전리로 간다. 남천면은 포도 산지로 유명하다. 특히 산전리 '머루 포도' (MBA포도)는 그 역사와 품질을 자랑한다. 이곳 주민의 이야기에 의하면, 남천 일대가 포도 주산지로 태어나게 된 사연은 이렇다. 박정희 정권 때다. 새마을 운동이 시작될 무렵 경부선 기차를 타고 박정희 전 대통령이 이곳을 지나가게 되었다. 차창으로 바라본 풍경, 농가들은 다닥다닥 붙어 있는데 논농사 지을 논은 턱없이 부족해 보였다. 밭작물로 전환하는 것이 좋겠다는 박 대통령의 조언 한마디. 그래서 일본으로부터 MBA 포도를 들여오게 되었고, 수확하기까지 2년 동안 정부로부터 농자금 지원을 받았다고 한다. 지금은 인근 영천 지역과 충북 영동 지역이 포도 주산지로 더 알려졌지만, 우리나라 '머루포도'는 경산 남천이 원산지인 셈이다. 이곳은 한국에서 가장 우수한 품질의 맥반석이 묻혀 있어 지하수가 매우 좋다고 한다. 그런 관계로 이 지역 포도는 당도도 높고 향도 독특하다.

남천면 산전리는 동학산 자락에 자리 잡았다. 경부선 철로 밑 굴다리를 지나 마을에 들어서면 농가를 제외하고는 온 천지가 포도밭이다. 경산시에서 머잖은 곳이고 풍광이 수려하여 그런지 곳곳에 전원주택이 눈에 들어온다. 그리 믿지 않다. 마을 주민들이 뜻을 모아 와인 공장을 설립하는 중인데, 정부 지원도 받는다고 한다. 2000년대에 들어와 우리나라에서도 유럽의 와인문화가 확산하여 와인 소비가 해마다 증가하는 추세다. 이에 부응하여 전국 곳곳에서 영농의 일환으로 와인을 생산하는데, 거의 100여 종에 달한다고 한다. 그러나 성공하기가 쉽지 않다. 대부분 정부의 영농자금을 지원받아 시작했으나 오래 버티지 못하는 것 같다. 그리고 한국과 유럽 간의 자유무역이 협정이 맺어지면 국산 와인이 채산성을 맞추기는 더더욱 어려우질 전망이다. 세계의 유명 와인들이 오늘에 이르기까지 얼마나 유구한 역사를 거쳐 왔는지 곰곰이 생각해 봐야 한다. 와인 생산은 속도를 내기 위해 몇 년 만에 뚝딱 건설하는 고속도로와는 성격이 다르다. 산전리 와인이 자신만의 독특한 맛과 향을 가진 명품으로 탄생하려면 긴 시간과 많은 연구가 뒤따라야 함은 필수적이다.

경흥사 전경

목조삼존불상

대명교에서 왼쪽으로 계곡을 따라 올라가면 한때 성황을 이루었던 음식점이 그대로 남아있다. 지금은 거의 휴업 상태다. 그곳에서 왼쪽은 모골이고 오른쪽은 절골이다. 절골 쪽으로 조금만 가면 신라고찰 경흥사가 나온다. 이 절은 '학이 춤추는 산', 즉 동학산(動鶴山) 자락에 있다. 위치는 학의 부리 지점이라고 한다. 신라 무열왕 때(659년) 혜공화상이 창건한 이 절은 원래 규모가 컸으나 지금은 대웅전과 뒤에 지은 얼마의 요사채가 배치되어 있다. 대웅전으로 오른 계단 양 옆에 두 개의 건물이 대칭되게 서 있다. 사찰 쪽의 지형도 경사가 급하고, 건너편의 병풍산도 맞닿을 듯이 코 밑에 다가와 있어 가람 배치가 다른 절에 비해 특이한 것 같다. 경흥사의 백미는 목조 삼존불상이다. 조선 중종 때 영규대사가 중창하면서 중국 흑룡강 부근의 은행나무를 구하여 불상을 조각하였다고 한다. 인자한 모습과 온화한 표정은 모든 중생을 안고도 남음이 있다. 불교에서 존재의 근원을 '공'(空)으로 설명한다. '있음'과 '없음'이 둘이 아니라 하나라고 본다. 보이는 것에만 집착하는 우리의 합리적인 논리가 얼마나 하찮고 어리석은 것인가 절 입구에 세워진 전직 군수의 공덕비는 자리를 잘못 잡은 것 같다. 경산을 흥하게 한다고 '경흥사'라 이름 지었던 곳이기에 경산시를 위해 일한 목민관의 공덕을 새겨 보존한들 무슨 상관이란 말인가. 사찰 경내를 둘러보는 시간 동안 암수 두 마리의 개가 나를 따라다니면서 격렬한 몸사랑을 보인다. 부처님은 과연 어디에 있는 것인가.

경흥사에서 내려와 걸음을 모골 방향을 돌렸다. 군데군데 민가
도 있고 창고 같은 건물도 보인다. 대나무에 높이 태극기를 매 단
굿당도 있다. 온 골짜기가 닭의 천국이다. 집 주위에 풀어놓은 닭
들이 자유롭게 거닐며 대낮인데도 울음을 운다. 이 산촌은 언제
나 새벽인 모양이다. 10월 중순, 인가의 높은 감나무에는 주황색
의 감이 탐스럽게 익고 있었다. 아름드리 뽕나무는 어림짐작에
수령 100년은 족히 넘긴 듯한데, 싱싱한 뽕잎을 그대로 달고 있었
다. 맥반석 때문일까? 모골 식당 앞 산기슭에는 '분청사기 요지'
(粉靑沙器 窯址) 터가 있다. 야산 아래 풀숲 사이에 안내판이 초
라하게 세워져 있다. 주위에는 가을꽃들이 지천으로 피었다. 손
으로 만지니 자주색 물봉선과 노란 산국이 자지러지듯 놀란다.
"가파른 산골짜기 후미진 곳에서 이제 /향수를 몸에 뿌리고서 누
구를 기다리는 걸까" 이곳 요지에서 고려 말에서 조선 초기에 맥
반석으로 구운 분청사기, 청자, 백자 조각이 발견되었다. 지금도
근처 곳곳에 도자기 깨진 조각들이 널려 있다. 고려시대 이곳에
서 자기를 굽는 가마가 있었고, 그 명성은 세종실록에 기록될 정
도였다. 그리고 이 지역에 분정사기를 거래하는 시장이 열렸던
것으로 추정한다. 중요한 것은 우리나라 최고 양질의 맥반석이
묻혀 있고, 오래전에 유명한 가마가 있었다는 사실 자체가 아니
다. 이를 오늘에 어떻게 계승하느냐가 문제이다. 우선 보존 차원
에서 가마터 유적을 발굴하고 역사를 정리하는 작업부터 선행되
어야 할 것이다.

남천면을 통과하는 남천은 강이라기보다 아담한 냇가다. 여름 홍수가 지나간 후 거의 비가 오지 않아 하천은 말라 있다. 내가는 온통 갈대꽃이 한창이다. 시내와 길은 어깨동무를 한 것처럼 평행을 이루며 같이 간다. 빨리 갈 욕심으로 모두 고속도로나 산업 도로만 달리는 모양인지, 옛길은 한적하기 그지없다. 남천도 청량한 햇빛을 받으며 바쁠 것 하나 없는 듯이 산들거리는 가을바람을 희롱한다. 면 소재지에 간다. 전형적인 농촌 마을이다. 인적도 드물고 상가도 거의 눈에 띄지 않는다. 예부터 물이 좋아 이곳 막걸리는 맛 좋기로 소문이 자자하다. 술도가를 찾는다. 술 익는 냄새가 진하게 전해 온다. 강한 누룩 냄새에서 그윽한 고향의 향기가 난다. 요즘 막걸리 시대가 도래한 것 같다. 백화점과 호텔에도 막걸리가 당당하게 자리를 차지하고, 일본으로 인기리에 수출까지 된다고 한다. 술판을 벌일 요량으로 넉넉하게 받는다. 중간에 돼지 목살 몇 근도 준비하여 산전리로 향한다. 가을이 무르익는 한가한 일요일 오후, 낮술에 취하고 또 가을에 취한다.

서상동 종갓집

경산시 서상동에 '종갓집'이 있다. 몇 년간이라도 경산에서 살았던 사람이면 누구나 알 정도로 익숙한 공간이다. 도시 외곽 이곳저곳에는 아파트가 하늘을 찌르건만, 외진 곳에서 초연하게 키 낮추고 제자리 지키는 고가(古家). '종갓집'으로 부르는 집 안마당에는 4월이면 오랜 풍상 견뎌온 라일락 나무가 짙은 향기로 자신의 존재를 보란 듯이 알린다. 비록 등걸은 세월의 나이테를 버거운 듯 안고 있으나 매혹적인 향기만은 깊이 가라앉은 옛 젊음의 육체 그대로다. ㅁ자형 집 한가운데에는 아름드리 은행나무 한 그루가 짝을 잃고 외롭게 목 빼고 서 있다. 그 옆 자락에 있는 우물은 깊은 세월의 전설을 가득 머금고 입을 열지 않는다. 무엇을 말하고 싶은가? 집안 곳곳에 주인의 정성스런 손길이 닿아선지 시간을 삼킨 온갖 물건과 나무들이 제 빛을 내고 있다. 아담하여 사랑스럽기 그지없다.

집은 사람이 구성한 공간이다. 그것은 인간 욕망의 벽돌로 빚어낸 것이기에 언제나 세월의 질투를 피해가기 어렵다. 벽돌과 서까래 한 모퉁이를 야금야금 갉아먹는 것은 시간이다. 집은 시

은행나무

2부·문화유적을 찾아

간의 거센 도전에 맞서 버티지 못하면 무너지고 만다. 그래서 고가에는 시간의 바다를 건너온 파란만장한 삶의 흔적이 여기저기에 남아 있다. 문살 사이도 기둥 틈새에도 보인다. 거기에는 흐트러지지 않는 의연함이 있지만, 인내에서 오는 피곤함도 배어난다. 무엇이든 어떠리. 긴 세월을 견뎌온 것만으로도 장하다. 옛집을 만나면 누구나 외경심을 가질 수밖에 없는 까닭을 알리라. 하지만, 사람의 명이 다하듯이 집도 언젠가는 시간 앞에 무릎을 꿇고 말 것이다. 이백 년보다 오랜 삼백 년을 버티었다고 더 소중하다 말 못하리. 억겁의 세월에 백 년을 더한들 무엇이 달라질까? 유한한 존재, 사람의 약한 비명에 불과하다. 오래된 집도 그냥 집으로 받아들일 때 편하다.

지금 경산 '종갓집'은 보통명사가 아니라, 고유명사다. 전통음식점이다. 칼국수가 맛있는 집이다. 점심때를 조금 지난 시각에 찾으면 제격이다. 한가롭게 눈길 닿는 대로 집안 곳곳을 보는 즐거움이 쏠쏠하다. 물론 봄비 내리는 오후나 가을비 내리는 저녁 무렵이 더 좋다. 대지를 깨우는 빗소리를 들으면서 뒤란 꽃밭에 내리는 가녀린 빗줄기를 바라본다. 막걸리 한 잔을 비운다. 상위에 놓인 풋고추가 더욱 싱싱해 보인다. 묵은지 한 조각 입에 넣는다. 이럴 때는 모든 생각을 내려놓고 감각에 와 닿는 것만 받아들이면 된다. 무수한 감정의 입자가 물안개처럼 공간을 메운다. 시간도 멈춘다. 시간과 공간이 무화되면 일상도 증발한다. 그곳에 머무는 나도 땅속으로 스며드는 빗물처럼 존재를 숨긴다. 경산시 서상동 '종갓집' 방에 앉았다. 하강하는 빗줄기 따라 나 자신을 낮출수록 행복하고 숨길수록 뚜렷해진다.

집은 현실적인 기능에서 출발하지만, 세월이 쌓이면 상징화된다. 기능의 차원에서 집은 개인이 실제로 삶을 꾸려가는 의미의 공간이다. 그런데 집은 단순히 물리적 공간으로 머물지 않는다. 거주하는 사람에 의해 집은 점차로 상징적 기호의 수준으로 나아간다. 처음의 실용적인 의미의 기능은 약화하고, 대신에 기표가 전면에 드러나면서 의미조차 공적인 성격을 띤다. 특히, '종가(宗家)'는 더욱 그렇다. '집안'이란 혈연에 의해 상징화된 울타리가 '종갓집'이다. 종가에는 종손이 있다. 개인의 아늑한 휴식처로서의 집이 사회화되고 상징화되면, 종손은 '집'을 지배하는 진정한 주인이 되지 못하고 집을 지키는 봉사자가 되어야 한다. '종갓집'의 진짜 주인은 '집'인 셈이다. 경산시 서상동의 '종갓집'은 이제 집의 '기능'도 '상징'도 퇴색된 공간이다. 그곳을 지나치는 사람들의 상상력으로 재구성되는 다양한 이미지만이 꽃으로 피어난다.

어떤 학자는 인류의 역사가 정주형 위주에서 유목형 위주로 바뀔 것이라고 예언한다. 집에서 붙박이로 살기에 싫증이 났는가? 집은 언제나 되돌아올 원점이고 고향이었으나 자유의 속박이기도 했다. 집이 있는 한 사람은 떠돌이의 삶을 동경할 것이다. 이제 농사꾼 카인을 청산하고 목동 아벨을 추종할 것인가? 양자는 모순이며 갈등인가? 미셸 투르니에는 '카누를 만들자면 나무를 베어야 하기 때문"에 붙박이 나무와 떠돌이 카누를 선택해야 한다'고 했다. 유목민이 대세라면, 현대 우리는 어떤 형태의 집을 어떻게 지어야 하는가? 나무를 베지 않고 카누를 만드는 방법이 대안이리라. 한 도시 공간에서 고층아파트와 오래된 '종갓집'이 상호보완적인 의미를 창출하며 공존할 수 있다. 모두 집을 버리고 유목민이 된다고 하더라도 경산시 서상동 인적이 뜸한 그곳에 '종갓집'은 오래도록 건재할 것으로 믿는다.

서상동 종갓집

3부

삶과 생활의 공간

자인 단오제

음력 오월 초닷새, 단옷날이다. 경산시 자인면 계정숲에서 단오제가 열린다. 벌써 서른세 번째라고 한다. '중요무형문화재 44호'로 지정될 만큼 우리의 전통문화를 훌륭하게 계승하는 흥겹고 뜻깊은 축제다. 해를 거듭할수록 규모도 커졌고 내용도 다채로워 축제다운 면모를 갖추게 되었다. 이제 지역 문화 축제에서 더 나아가 전국적인 명성을 얻었다. 경산의 자랑이 아닐 수 없다.

나흘 동안 경산 시민이 자인면 계정숲으로 모여들었다. 대구에서도 오고 서울에서도 찾아왔다. 외국인도 자주 눈에 띄었다. 부모의 손을 잡고 눈을 두리번거리는 아이의 눈에는 호기심이 넘친다. 모든 것이 신기한 모양이다. 인근에 사는 할아버지 할머니도 모처럼 삼삼오오 짝을 지어 버스 타고 나들이를 나왔다. 먼 옛날 어린 시절 단오의 흔적을 추억해 본다. 계정숲과 그 인근은 단오제에 나온 인파로 북적댔다. 축제에는 사람이 모여야 한다. 축제 마당은 마땅히 사람이 들끓는 광장이 되어야 한다. 축제의 꽃은 사람이다. 축제의 중심에는 어떤 볼거리나 행사보다 사람이 있어야 한다. 현대의 도시문화는 칸막이 문화다. 아파트로 상징되는 칸막이 문화는 개인적인 밀실을 지향한다. 밀실에는 너와 나의 소통이 부재하고 오직 '나' 만이 있다. 계정숲이 사람들의 광장이 되었다는 것 하나만으로도 자인단오제는 멋진 축제였다.

　자인 단오제는 분명히 측제고 카니발이다. 축제에는 춤이 있고 노래가 흐른다. 술잔이 넘치고 시끌벅적한 웃음이 있어 흥겹다. 너와 나의 잔이 부딪치고 내 눈과 너의 눈이 맞닿는 순간 모든 미움과 중오는 사라지고 만다. 뼈가 들어 있는 각진 말은 어느새 둥글게 바뀌어 이리 구르고 저리 굴러 한데 어우러져 한판의 신명으로 솟구친다. 이쪽 소리와 저쪽 소리의 구분이 없다. 나의 주장은 너의 마음에 용해되고, 너의 계산은 나의 웃음에 녹아버린다. 귀함과 천함, 아름다움과 더러움, 밝음과 어둠이 다투지 않고 공존한다. 아니 섞여 굳이 구별이 필요조차 없다. 여러 목소리가 들리고 다양한 논리가 통용된다. 모순을 인정하고 열린 세계를 지향하는 것이 축제다. 축제 마당에 시합과 경연은 그냥 놀이일 뿐이다. 신명나는 놀이판이 컬어지는 것이다. 축제에는 '너' 와 '내' 가 아닌, '우리' 가 있고, 우리는 손님이면서 주인이다.

　볼거리 못잖게 먹거리도 축제 마당을 한층 즐겁게 한다. 자인 시장 골목에서 콩국수 한 그릇 후딱 비우고 계정숲 축저 판에 들어왔다. 도로가에 늘어선 천막촌 노점상에는 온갖 것을 다 판다. 지난 시간을 자아올리는 플건도 있고, 이런저런 잡화도 수두룩하

자인단오제의 여원무

다. 그중에 으뜸이 먹거리다. 거리 주막에 들려 장어구이에 막걸리 한 잔을 들이켰다. 이 맛이 자인단오제의 참맛이로구나. 취기가 전해 온다. 한낮의 태양이 얼굴을 붉게 달군다. 축제의 색은 붉다. 축제의 붉은색은 엄숙하고 도덕적인 것에 대한 야유이고 조롱이다. 우울한 문명의 빛을 걷어내고 생활의 활력소를 충전시키는 것이 문화 축제의 의의다. 그것은 먹고 마시고 보고 질펀하게 노는 것이다. 축제 판에 끼어든 상행위를 굳이 조잡한 상업주의라고 나무라지 말자. 문화적 행위도 이제는 돈과 무관할 수 없는 현실이다. 가치문제까지 몰각하는 것이 축제가 아닌가. 그저 놀 판이 벌어졌다는 것만으로도 충분하다.

단오의 대표적인 민속놀이는 그네뛰기와 씨름이다. 씨름이 남자의 놀이라면 그네는 여자의 몫이다. 옛날 여염집의 젊은 처자와 여인에게 허용된 바깥놀이가 그네뛰기다. 숲속 높은 나뭇가지에 그넷줄을 맨다. 단오 때면 숲속의 신록은 무성하고 푸르다. 푸른 나무에 매달린 그네에 몸을 싣고 하늘을 난다. 그네는 원심력과 구심력이 교차하는 우리의 삶과 운명을 말해준다. 누구나 현실의 땅에서 벗어나 하늘을 비상하고 싶은 욕망을 가진다. 하지만, 하늘로 올라가던 그네가 하강하듯이 우리는 땅을 벗어날 수 없다. 그것은 죽음으로서만 가능하다. 인간의 숙명이고 굴레다. 서정주는 〈추천사〉라는 시편에서 이렇게 노래했다.

계정숲

채색(彩色)한 구름같이 나를 밀어 올려다오
이 울렁이는 가슴을 밀어 올려다오!

서(西)으로 가는 달 같이는
나는 아무래도 갈 수가 없다

　달처럼 하늘을 자유롭게 떠돌아다니고 싶은 인간의 욕망은 현실 앞에서 무력할 수밖에 없기에 그네뛰기는 내일도 이어질 것이다. 이제 옛 놀이로 화석화되었지만, 그네는 단오 축제의 중심 상징임이 틀림없다.

　계정숲은 자인단오제의 훌륭한 무대다. 축제의 다양한 콘텐츠가 이 숲을 배경으로 하기에 더욱 생기넘친다. 온갖 나무가 모여 숲을 이루고 있다. 숲은 나무의 광장이다. 아름드리나무 옆에는 아담한 관목들이, 옆에는 잡풀이 사이좋게 서로 기대고 비비며 땅을 공유한다. 자인단오제는 나무의 광장인 계정숲이 있기에 가능하다.

환상리의 나무에는 나이테가 없다

경산에서 진량을 잇는 간선도로를 따라가다 왼쪽으로 방향을 틀면 환상리를 지나 하양 들녘을 가로지르는 길이 있다. 왕복 2차선의 추월선이 없는 좁은 길이다. 이곳 하양의 옛 이름인 '화성'을 따서 '화성로'라 부르는데 십리가 채 못 된다. 나는 '환상로'라 부른다. 그렇게 부르고 싶다.

나는 매일 출퇴근하면서 이곳을 지난다. 쏟아지는 아침 햇살을 안고 이 길을 따라 하루를 연다. 늦은 퇴근길에는 배꼽처럼 고개 내민 상현달이 따라오기도 한다. 길가 경관이 특별나지도 않다. 정비가 잘 된 길도 아니다. 잦은 과속 방지턱이 더러 짜증스럽게 느껴지기도 한다. 그런데 환상로 양옆으로는 온통 종묘 농원이 줄지어 있다. 묘목들 천지다. 대한민국 묘목 삼분의 일이 여기서 생산된다는 이야기를 누구한테 들은 적이 있으나 확인은 못 했다. 아무튼, 전국적으로 잘 알려진 종묘 단지임이 틀림없다.

내가 이 길을 좋아하는 것은 '환상리'라는 이름에서 연상되는 '환상'이라는 단어 때문이다. 원래 '環上'인데 나에게는 '幻想'

이다. 그 길은 환상적이라고 할 만한 어떤 외관도 갖추지 않았다. 순전히 나의 주관에 의해 형상화된 풍경이니, 말 그대로 환상이다. 풍경은 내 밖에 실재하는 것이 아니라 내 안에 있다. 그래서 변하지 않는 풍경은 없다. 나는 언제나 움직이고 꿈꾸기 때문이다. 삶은 꿈길을 걷는 일이다. 길은 항상 환상 속에 나있다. 환상 속에 있으면서도 그것을 깨닫지 못할 뿐이다. 우리가 걸어가는 길은 꿈의 환상로다.

환상로에는 나무가 있다. 나무의 나라다. 김춘수의 '남천'이 있다. 김영랑의 '모란'과 서정주의 '대추나무'도 있다. 이 세상에 나무가 있다는 것은 축복이다. 환상로의 나무는 축복과 희망이다. 어린 묘목이기에 더욱 정겹고 사랑스럽다. 나무라는 그 자체만으로도 좋다. 나무의 볼이 발그스름하게 상기되어 있다. 뺨

환상리 묘목

을 비비고 싶다. 그들은 언젠가 장소를 옮겨 자신이 살아갈 땅에 굳게 뿌리를 내릴 것이다. 아직 그 땅이 결정되지 않았기에 꿈에 부풀어 있다. 환상로엔 나무가 있고, 꿈이 있다.

감나무에는 감이 열리고 대추나무에는 대추가 열린다. 열매가 있어 유실수라 한다. 사람은 언제나 특정한 어떤 것에 애착을 둔다. 그럴 수 있다. 활용할 풍성한 열매를 주는데 어찌 마다하겠는가. 하지만, 사람에게 무엇을 주는 나무는 효능을 잃어버리면 미움을 받고 끝내는 버림받는다. 『장자』의 〈대용우화(大用寓話)〉에 나오는 곡원 땅의 신목은 크기가 수백 아름이나 되어 하늘을 덮고도 남았다. 그렇게 크게 자라 살아남았던 것은 현실적인 쓸모가 없었기 때문이다. 배를 만들면 물이 새고, 기둥을 만들면 굼벵이가 들끓게 된다고 했다. 현실적인 쓸모가 없었기에 만수를 누린 것이다. 무용(無用)은 자유고 해방이다. 쓸모 있는 나무만이 나무가 아니다. 환상리에는 유실수만 아니라 온갖 나무들이 있다.

환상로의 나무들은 아직 나이테가 없다. 나무의 나이테는 현실의 속박을 지나면서 겪었던 상처의 흔적이다. 나이테의 금을 따라 길이 나있고, 그 길에는 갖가지 아픔이 새겨져 있다. 이런 나무의 나이테를 보면 슬퍼진다. 환상리의 나무는 대부분 금방 온실에서 세상 밖으로 나온 것 같다. 아직 험난한 세상에 적응하는

화성초등학교

방법을 잘 모르지만, 그래서 나이테가 없지만, 순수하다. 천지를 모르고 마냥 깔깔대며 웃는 강보에 싸인 아이와 같다. 슬픔을 모르기에 행복하다.

　장 지오노의 작품 〈나무를 심은 사람〉에 주인공 엘제아르 부피에는 성자에 가깝다. 그는 황무지에 나무를 심고 심어 숲을 만들었다. 숲이 이루어지자 흩어진 동네 사람들이 모여들기 시작했다. 나무는 사람이 모여 함께 살아가도록 해 준다. 인간이 도시를 만들면서부터 나무는 저절로 자라지 못하게 되었다. 사람이 나무를 심고 가꿔야 한다. 그것은 꿈을 키우고 희망을 가꾸는 일이다. 환상리에는 나무를 심고 가꾸는 사람들이 사는 동네다.

　환상로는 나무를 심는 봄에 가장 붐빈다. 나무를 심으려는 사람들의 발걸음이 분주할수록 얼굴에는 행복이 가득하다. 그들은 꿈의 길을 따라 환상의 새로운 세계로 가려 하기 때문이다. 그 길에 이른 봄 연분홍 홍매화가 손을 흔들고 있다.

용성에 복사꽃이 피었다

봄은 꽃과 함께 왔다가 꽃과 더불어 간다. 봄의 표상은 꽃이고, 꽃은 봄의 은유고 환유다. 봄꽃은 사람을 바로 세워두지 않는다. 봄 속에 빠져 신발 벗어 건지고 꽃송이 머리에 꽂고 히죽거리며 걷는 이 보인다. 봄바람 난 총각은 건달처럼 건들거리며 할 일 없이 바쁘다. 봄은 꽃이고 바람이다. 그런데 꽃은 봄의 형상이지만, 바람은 봄의 말[언어]이다. 꽃은 아름답지만 심란하다. 바람 때문인가. 봄은 바람 타고 번져가는 한바탕 시끌벅적한 소문이다. '장미에 가시가 있다.' 라는 말에서 가시는 장미의 컨텍스트, 즉 문맥이다. 봄꽃만 보고 꽃을 흔드는 봄바람을 보지 못하는 것은 장미의 문맥인 가시를 보지 못하는 것과 같다.

꽃은 그 자체만으로도 꽃이지만, 꽃의 진정한 의미는 꽃이 놓인 공간이 결정한다. 봄꽃이 좋은 것은 꽃과 배경인 공간이 하나로 어우러져 멋진 풍경을 연출하기 때문이다. 꽃만 보지 말고 풍경을 봐야 한다. 꽃이 아니라 만개한 꽃 풍경이 있는 것이다. 경산의 복사꽃 풍경을 보았는가? 시청에서 919번 도로를 따라 자인을 지나 용성, 남산을 가보라. 복사꽃 엷은 웃음은 우리네 마음

송두리째 빼앗아가고도 남는다. 야산과 들녘에 흐르는 분홍빛 꽃
물결을 보라. 파도같이 넘실대고, 안개처럼 자욱하다. 경산 용성
땅에는 봄이 되면 복사꽃 전설이 번져 꽃 바다를 이룬다.

열매는 '복숭아'지만, 꽃은 '복숭아꽃'보다 '복사꽃'이 제격
이다. 복사꽃의 색깔은 말로 표현하는 순간 고유의 색감이 사라
지고 마는 마술의 색이고 동화의 색이다. 그래도 굳이 이름 붙인
다면 '연분홍'이리라. 그 묘한 색상은 불교에서 말하는 욕계(欲
界)와 무색계의 중간인 색계(色界)다. 아니, 보는 사람의 마음에
따라 욕계이기도 하고 무색계이기도 할 것이다. 복사꽃은 겉치마
저고리를 벗었을 때 드러나는 여인의 속옷 같다. 목덜미에서부터
가슴팍에 이르는 맨살이 하얗게 드러나는 관능의 꽃이다. 먼 곳
에서 보는 것이 아름다운 꽃, 저쪽 언덕에서 은근한 미소로 유혹
하는 꽃, 막상 다가가 손 내밀면 몸을 가리고 애를 태운다. 복사
꽃은 대지에 봄맞이하는 고혹적인 여인이다.

도연명의 『도화원기』에는 '무릉도원'이 나온다. 고기를 잡던
어부가 강물에 떠내려 오는 복사꽃 잎을 따라가다가 별천지에
도달하여 잠시 머물렀다. 어부는 집으로 되돌아오고 나서 그곳을
찾았지만 결국 실패하고 만다. 별천지로 들어가는 경계에는 복숭
아꽃이 춤추고 있었다. 도원경의 아름다움을 말하고 있는가, 이
상향과 현실의 괴리를 비유하는가? 어쨌든 도원의 극찬이면서 최

용성지역 봄꽃

적의 표현이다. 하지만, 복사꽃인들 내내 지지 않고 피어 있을 수
만 없지 않은가? 어부가 한 번 가 본 그곳을 다시 찾지 못하고 병
들어 죽었다는 것은 인간 삶이 현실 논리에 갇혀 있음을 충고해
주는 말이다. '무릉도원'은 이상향의 갈망이기보다는 현실의 냉
혹한 인식이다. 도연명은 도원의 문맥, 즉 컨텍스트까지 보았던
것이다.

　속살 내비치는 복사꽃은 도원(桃園)에서 피어 도원경을 이루
지만 그 열매인 '복숭아'는 복숭아밭에 있는 복숭아나무에 달린
다. '복사꽃'과 '복숭아꽃'은 서로 어감의 미묘한 차이를 보이지
만, '도원'과 '복숭아밭'의 내포는 천지차이다. 도원에는 꽃구경
하며 한가하게 시간을 보내는 사람이 있다면, 복숭아밭에는 열매
를 가꾸기 위해 머리에 수건 동여매고 일하는 농부가 주인이다.
농부는 꽃 속에 묻혀 꽃을 보지 못한다. 보지 못하는 것이 아니고
볼 겨를이 없다. 그들은 고운 꽃 이상으로 충실한 열매의 소중함
을 안다. 농부는 꽃의 유혹에 빠져 열매 가꾸기를 게을리 하지 않
는다. 내일의 열매를 팽개치고 오늘의 꽃에 흠뻑 빠지는 것이 얼
마나 어리석은지를 잘 알기 때문이다.

　4월의 한가운데 핀 복사꽃은 사람을 마구 흔들어 놓는 바람이
다. 바람에 스치는 꽃 경치는 분절된 감탄사에 불과하다. 자리 잡
고 시각을 고정해 보라. 그러면 들녘의 꽃들은 내 의식과 정서에

따라 새로 구성된 풍경으로 변용할 것이다. 봄은 드디어 소문의 언어가 아니라 실체를 가진 몸이 된다. 봄의 몸체를 제대로 인식한 사람은 복사꽃의 현란한 감각 아래 침잠해 있는 자연의 순리를 읽는다. 꽃의 실체는 꽃 그것이 아니라 열매다. 꽃이 아름다운 것은 열매를 위한 희생 따문일는지 모른다. 봄비가 내렸다. 떨어지는 꽃의 눈물이리라. 그러나 대지에 스며든 수분은 나무의 무성한 잎을 키우고 열매를 맺게 할 것이다. 그래서 봄꽃은 희망이다. 경산 들녘에 희망의 꽃, 복사꽃이 피었다.

복사꽃

경산온천

경산시 오거리에서 자인으로 가는 919번 도로를 따라간다. 도로 위는 각종 차량이 강물처럼 흐른다. 시청을 지나고 진못을 지나면 도로 양옆으로 상록 관목인 남천이 가로수를 대신하고 있다. 자주색으로 물든 남천의 단풍잎들이 겨울의 찬 공기 속에서 파르르 떤다. 자인에 못 미처 오른쪽으로 방향을 틀면, 상대온천가는 길이다. 그 길 따라가면 도시 근교에서 흔히 만나는 도농 복합의 전형적인 풍경을 만난다. 이 일대가 경산 포도 주산지인데, 예부터 이곳에는 과수 농가가 많았다고 한다. 지금은 곳곳에 공장이 자리 잡고 있다. 왕복 2차선 도로가 하대리를 지나 삼성산 자락에 이르면 상대온천이 나온다. 길은 거기서 끝나지 않고 송백고개를 넘어 남천면 금곡리로 이어진다.

경산온천이라고도 부르는 상대온천은 경산시 남산면 상대리 지명을 따서 붙인 이름이다. 옛날부터 이곳은 '온암정(더운바위샘), 온수골, 대추골 더운샘' 등으로 불렸다. 샘 주위는 겨울에도 물이 얼지 않아 동네 빨래터로 이용되었고, 샘물은 위장병과 피부병에 약효가 있는 것으로 널리 알려져 왔다. 이 일대 논에 심은

삼성산

모가 물 위로 떠오르는 것을 이상히 여겨 1972년 지질탐사를 했고, 결과 온천수가 솟아나는 곳임을 발견하게 되었다. 1982년 상대온천관광호텔 완공 이후 온천 휴양지로 본격적인 개발이 이뤄졌다. 수온은 25℃ 정도이고 광물질이 풍부한 강한 알칼리성 온천이다. 맥반석 지층에서 용출되는 이 온천수는 수질도 좋고 수량도 풍부한 편이라고 한다.

온천욕은 사계절 언제나 지친 몸에 휴식을 주지만, 온 대지가 꽁꽁 얼어붙은 한겨울이 제격이다. 따뜻한 온천에 들어가면 몸은 물론이고 맺힌 마음마저 풀린다. 물속에서 목욕은 몸을 수평의 상태로 유지하는 것이다. 수직이 몸을 긴장시켜 일을 하는 자세라면 수평은 몸의 휴식이고 무방비다. 그 물이 어떤 종류이든 다를 것이 있으랴만, 약리성을 가진 온천 속에 몸을 맡기는 일은 최선의 휴식이리라. 온천수에 몸을 담그고 있으면 고향집 아랫목처럼 따뜻하고 편안하다. 세상은 온천탕과 같이 편안한 곳이 못 된다. 그래서 우리는 언제나 온천을 몸을 녹이며 휴식을 취한다.

개발 후 상대온천은 휴양지로서 주목받았다. 특히, 대구에서 비교적 가까운 거리에 있기 때문에 많은 사람이 찾는 명소로 부각했다. 상대온천 남서쪽 뒷산은 경산 출신의 세 성현(원효,설총, 일연)의 높은 얼을 기리기 위해서 '삼성산'으로 명명했다고 한다. 사계절 많은 등산객이 이곳을 찾아 등산도 하고 온천욕도 했다. 또한, 가족 단위로 와서 여가를 즐기기도 하고, 기업체나 단체들이 연수나 세미나 장소로도 애용했다. 온천 개발 직후에는 피부미용에 좋은 온천수 하나만으로도 많은 사람을 끌어들일 수 있었다. 그러나 여가문화의 다변화와 휴양시설의 다양화로 근래에 와 사람들의 발걸음이 줄어드는 것 같다. 이에 경산시는 온천으로 오는 길목인 남산면 인흥리 지역에 '삼성현 역사문화공원' 조성사업을 추진 중이다. 이 공원이 완성되면 상대온천 일대는 경산에서 가장 주목받는 휴양지로 탈바꿈할 것이다. 기대된다.

경산시 남천면 협석리에는 석정온천이 있다. 상대온천보다 늦게 개발되었지만 지역민으로부터 많은 사랑을 받아온 곳이다. 특히, 1990년대에 와 대구시가 시지 경산 쪽으로 팽창하면서 가까이 위치한 석정온천이 급부상한다. 인접한 남천면 산전리 지역은 우리나라 최고 양질의 맥반석이 매장되어 있다고 한다. 그래서인지 석정온천의 수질을 불평하는 사람은 거의 없다. 그리고 압량면 금구리에는 경산 용암온천이 있다. 대추 주산지인 금구리 들판에 있는 이곳도 경산 시민이 즐겨 찾는 온천이다. 예부터 눈 내리는 겨울에도 풀이 자라는 곳으로 알려져 왔다.

어느 고장이든 산천은 있기 마련이다. 산천은 모두 그 지역에 맞는 나름의 고유한 가치를 지니고 있다. 그러므로 그 고장에 사는 사람들이 천혜의 자연과 어떤 관계를 맺고 특성 있는 문화를 형성해왔느냐가 중요하다. 자연과 더불어 살아가는 사람을 제외하고 산천 자체만을 놓고 좋음과 나쁨을 평가하는 것은 합당하지 못하다. 자연과 인간 문명은 대립하면서도 상보적이다. 삶의 편익과 질을 높이려면 자연을 개발할 수밖에 없으나 보존을 무시한 개발은 인간 삶을 오히려 황폐하게 한다. 우리가 이용하는 온천은 자연을 개발한 형태다. 그 개발이 자연과의 대립이 아닌 상생이 되어야 함은 두말할 것도 없다.

상대온천

진량공단에서 만난 근로자 '벡'

 경산시 진량읍 신상리, 대원리, 봉화리, 선화리 일원에는 '진량공단'으로 불리는 경산 제1산업단지가 있다. 공단으로 향하는 8차선 도로가 시원스레 뚫렸다. 군데군데 고층아파트도 보인다. 공단 입구 도로 일대는 토산못 매립지인데, 물결 위에는 차량이 분주히 오간다. 외환은행 사거리에 들어서자 공단 특유한 매캐한 공기가 엄습했다. 공단을 자동차로 한 바퀴 휙 둘러보았다. 도롯가에는 근로자들의 자가용 승용차와 공장 광고 문구가 새겨진 각종 차량이 일렬로 늘어섰다. 아마 공장 안에 주차장이 부족한 모양이다. 단 한 평의 부지도 놀리지 않겠다는 기업의 철저한 계산이 적용되었는지도 모르겠다. 일과 시간이라서 그런지 다니는 사람이 별로 없어 적막하기조차 했다. 곳곳의 식당에는 '월식 된다'는 광고문이 붙어 있다. 외국인 근로자들을 겨냥한 것이리라.

 1980년대 후반에 조성 계획이 세워져 1994년에 문을 연 진량공단은 전체 부지가 62만 평에 이른다. 자인의 경산 2단지와 앞으로 1단지 옆에 조성 계획인 3단지까지 합하면 경산산업단지는 백만 평이 넘는다. 국립이 아닌 지방자치단체 산하 산업단지로서는 그 규모가 큰 편에 속한다고 한다. 현재 진량공단에는 200여개 업체가 입주해 있다. 기계금속과 섬유 업체가 반이 넘고, 다음으로 자동차 부품업체가 많다. 8천 3백여 명의 근로자들이 일하고 있는데, 외국인 근로자가 5%에 이른다고 한다. 외국인이 우리의 일터 코밑까지 찾아온 것이다. 이것이 바로 변화의 급물살이 아니겠는가? 재정 상태가 좋은 우량 중소기업이 많아 10년 전 아이엠에프 때도 크게 영향받지 않고 지나왔다고 한다. 지금의 경제 위기도 잘 피해갈 수 있을까, 걱정이 된다.

울산이 고향인 김 군은 군 복무를 마치고 작년 초부터 진량공단 자동차 부품업체 야간 근로자로 일한다. '주경야독' 이 정상이나 인근에 많은 대학 중 야간 강좌 개설 학과가 충분치 않아 주독야경을 택했다. 주 업무가 외국근로자 교육과 감독이어서 육체적

진량공단

으로는 힘들지 않다. 월급으로 등록금을 마련하고도 얼마간 저축까지 할 수 있다. 그러나 공부를 제대로 하지 못하는 것이 고민이다. 부모님 도움을 받을 처지가 못 되어 대학을 다니려면 이렇게 할 수밖에 없다. 젊고 꿈이 있기에 어떤 어려움도 견딜 수 있다. 자기 미래를 계획할 수 있는 일터가 있다는 것은 얼마나 다행한 일인가. 세계적으로 자동차 업계가 위기에 처했다. 김 군은 그 한 파가 자기의 일터까지 불어오지 않기를 바랄 뿐이다. 어두운 터널은 지나가기 마련이라고 스스로 위로해 본다.

공단 주물공장에서 일하는 벡(Bekb)은 우즈베키스탄 케타이(Kehtay) 지역에서 산업 연수생으로 한국에 왔다. 올해 서른한 살인 그는 고향 동료와 함께 공장 기숙사에서 생활한다. 고향에는 13살 된 딸과 11살 아들, 아내가 있다. 새벽부터 일한다. 잔업 수당을 받으려고 야근에도 빠지지 않는다. 월급의 90%를 고향집으로 송금하는데, 환율 급등으로 지금은 송금액이 줄어든 실정이다. 그런데 어느 날 아내에게 전화가 왔다. 어떤 연유에서인지 그동안 모았던 얼마의 돈을 날려버렸다는 것이다. 그는 며칠간 술에 취했고, 밤에는 울기까지 했다. 타국에서 덜 자고, 덜 쓰고, 덜 먹어 가며 고생해 번 돈이 아니던가. 자기 살을 베어내는 것 같이 아팠으리라. 앞으로 더 많은 돈을 모아 고향에 새집을 짓겠다는 포부를 털어놓을 때 그의 파란색 눈동자는 희망으로 빛난다.

해방 64년, 환갑을 훌쩍 넘긴 나이다. 우리나라는 그동안 세계

역사상 유례없는 발전을 이루었다. 그 역사의 전개 과정에는 '조국 근대화'라는 이념과 논리가 확고부동하게 작용했다. 근대화는 개발 = 발전의 논리를 낳았고 핵심 지표는 경제성장이었다. 결과 우리 사회는 세계사에 길이 남을 고도의 경제성장을 이룩했다. 이에 따른 사회 문화의 변화는 '상전벽해(桑田碧海)'라는 말이 무색할 정도다. 그 변화를 한 마디로 압축하면, '가난한 농업 사회에서 부유한 공업사회'로의 전환이었다. 수치상 지표로 본다면 근대화=개발=발전의 등식대로 되었다. 그러나 근대화와 개발이 경제성장을 가져온 것은 사실이지만, 그 안을 들여다보면 숱한 사회적 모순과 문제가 축적되어 있다. 근대화와 개발로 우리는 얻기만 한 것은 아닌 것 같다. 우리가 잃은 것은 무엇일까?

옛날 그곳은 논밭과 과수원이었다. 탱자나무 샛길을 지나 동산으로 오르는 길에는 청석돌이 발길에 차였고, 길가로는 소나무가 빼곡했다. 산새 울고 송홧가루 날리던 마을은 이제 추억 속에 아련한 그림자로 남아 있을 뿐이다. 그 자리에 공장이 들어서 공단이라고 부른다. 복사꽃 호사했던 그곳에 개발과 발전과 경제 성장의 근대화(近代花)가 만발했다. 그윽한 꽃향기까지 풍긴다면 얼마나 좋겠는가?

하양 돔베기구마

　하양읍 내 북쪽 외곽지에 하양장이 있다. 다른 소읍의 여느 곳처럼 하양장도 전에는 오일장이었으나 현재는 상설 재래시장 형태로 남아있다. 물론 지금도 4일과 9일에는 옛날 오일장 모습이 구석구석에 남아 아련한 추억을 떠올리게 한다. 아직 추석을 한참 앞둔 시점이라 대목장의 분산함은 찾아보기 어렵다. 옛날 북적대던 오일장 분위기는 시간 속에 묻혀버리고 어디서나 쉽게 만나는 상설시장의 고만고만한 모습을 하고 있다. 어디가 허전하고 맥이 빠진 느낌이 들었다. 장터 남서쪽에는 금호강으로 흘러드는 조산천이 있다. 시멘트로 정돈된 양쪽 둔치에는 자동차만이 빽빽하다. 빈 공간 군데군데에는 천막을 치고 전을 펼친 노점상이 눈에 들어온다. 늦더위 탓인지 찾는 손님도 뜸하고, 냇물조차 가물어 목이 타는 듯했다.

　하양장 옆구리를 감아 도는 조산천은 환성산 감투봉 아래 계곡에서 발원되는 물길과 새매기재에서 대곡리를 거쳐 내려오는 물길이 채석장 인근에서 만나 이룬 하천이다. 내를 중심으로 북쪽에는 하양 우시장이 유명했다고 한다. 지금 그곳에는 소 대신 자동차가 빼곡하고, 주위에는 추어탕과 보양탕 전문 음식점이 보초를 서듯이 장터를 지키고 있다. 늦은 점심때다. 간이 정류장에는 장보기를 끝낸 장꾼들 이삼십 명이 버스를 기다리고 있는데, 대부분이 할머니 할아버지다. 장터에서 점심으로 국밥 한 그릇에 막걸리 한 잔 마실 여유도 없었는지 버스가 도착하자마자 서둘러 차에 오른다. 무엇을 꼭 사기 위해 장에 나온 것이 아니라 이웃 친구 따라 장 구경하러 왔는지도 모른다. 영천 신녕이나 청통면 와촌 일대에 사는 사람들이다. 옛날에는 환성산골을 따라 대구 공산지역 주민들까지 하양장을 다녔다고 한다. 정말 그 옛날이다.

장터 외곽 노점에는 청과물이 주품목이다. 청송 사과, 성주 참외, 청도 복숭아, 영천 포도, 의성 마늘, 신녕 양파, 안동 간고등어, 예천 참기름 등 지역 곳곳의 특산물이 눈에 띈다. 노점상은 옛날로 거슬러 올라가면 지역 곳곳을 다녔던 보부상에서 그 연원을 찾을 수 있으리라. 그들은 상행위하는 장사꾼으로만 활동한 것이 아니다. 지역 간의 정보를 전달하는 네트워크였고, 때로는 정치적인 목적을 가진 행동 대원이었다. 엄격한 규칙에 따라 탄탄한 조직력을 가졌기에 당대 사회를 움직이는 데 적잖은 영향력을 행사하기도 했다. 또한, 보부상은 장터 문화의 주역이었다. 이제 노점상은 보부상의 봇짐과 등짐 대신에 트럭에 짐을 싣고, 생계를 이어가기 위해 상행위 하나에 매달릴 수밖에 없다. 차로 이

고을 저 고을 빠르게 누벼도 오른 기름 값과 불경기로 주름만 늘어나고 신명이 사라진 지 오래다. 저쪽 장터 모퉁이 허공에서 장꾼들의 장타령이 들려오는 듯하다.

　상설 재래시장 안으로 들어간다. 다닥다닥 붙은 점포가 이삼백 미터나 이어진다. 사람이 살아가는 데 필요한 것이 저렇게 많을까, 라는 감탄이 나올 정도로 온갖 물건이 주인을 기다리고 있다. 어물전은 조금 있으면 추석 제수를 준비하는 사람으로 붐빌 것이다. 그 으뜸 품목이 돔베기인 것 같다. 상어고기를 작게 토막 내어 소금에 절인 것이다. 상어의 불그스름한 속살이 입안에 군침을 돌게 한다. 돔베기는 포를 떠 꼬지에 꿰어 산적으로 제상에 올린다. 바다로부터 떨어진 경북 중남부 내륙 지방에서 내려오는 전통 음식이다. 경산 임동고분에서 상어뼈가 발굴되었던 것으로 보아 원삼국시대부터 경산지역에서는 돔베기를 먹었던 것으로 추정된다. 아주머니 한 사람이 "이거 영천 돔베긴교?" 라고 묻자, 어물전 주인은 "아니요, 하양 돔베기구마." 라고 불만 섞인 투로 대답한다. 그는 하양 돔베기가 최고라는 주장을 굽히지 않는다.

　하양장 동쪽 끝머리 도로가에는 할인점이 자리 잡고 있다. 대도시에 전국적인 체인을 가진 대형 할인점이나 백화점 규모는 아니지만, 재래시장의 점포 수십 개에 막 먹는 쇼핑 공간이다. 1990년대 이후 대량소비사회에 진입하면서 재래시장은 점점 위축되

하양 돔베기

하양시장

어 갔다. 시장을 활성화하려고 정부 및 지자체뿐만 아니라 상인들까지 발 벗고 나서 백방으로 방도를 모색하지만 쉬운 일이 아니다. 생활 여건과 문화의 변화는 막을 수 없는 대세가 아닌가. 이를 고려하지 않고 옛날을 기준으로 삼아 복귀를 말하는 것은 무리다. 그렇지만, 재래시장이 가진 고유한 가치와 문화를 재발견하는 지혜는 필요하다. 그곳에서 살아가는 사람들에게도 햇살이 가득 비칠 때 우리 사회는 더욱 건강해질 것이다.

점심때를 넘기자 시장은 평상시처럼 한산하다. 옛날 같으면 아직 한창 장이 성황을 이룰 시간이다. 새벽밥을 먹고 삼사십 리 길을 걸어온 장꾼들은 중요한 볼일을 미리 보고 숨을 고를 때다. 오랜만에 사돈을 만난 늙수그레한 아낙은 딸 안부를 묻는다. 주머니가 넉넉하면 뭐라도 하나 사보내고 싶으나 셈이 넉넉지 못하다. 그래도 딸을 생각하니 사돈한테 국밥 한 그릇이라도 대접해야 할 것 같다. 밥값을 치르고 사돈과 헤어지면서 고개 숙여 절하며 딸을 부탁한다. 장터 곳곳에는 그리움과 작은 아픔이 스치는 곳이기도 하다. 어디선가 거나하게 취한 장년 남자의 호탕한 웃음소리가 들려온다. 아마 자주 보지 못한 친구를 모처럼 만나 몇 잔의 술을 나누었을 것이다. 옷가게에서는 어린 자식의 옷가지를 고르다가 시부모님 생각이 나서 그만 자리를 털고 일어서는 젊은 여인의 한숨도 들린다. 유년 시절 부모님을 따라 장에 가서 보았던 풍경과 기억이 하양장에 겹친다. 늦은 점심을 해결하려고 일행과 국숫집을 찾았다. 돼지 수육을 안주로 막걸리 한 잔을 마시니 아련한 추억이 저 먼 곳 어디에서 밀려온다.

하양 출신 수필가 구활은 〈고향 장터에서〉라는 글에서 "이상한 일이다. 장터의 풍경은 완전히 달라져 있었다. 교회 앞 빈터에는 봉태기 속에 강아지 몇 마리를 안고 나온 아낙네와 병아리 몇 마리를 품고 있는 씨암탉을 팔러 나온 노인네의 모습이 보여야 할 텐데 데드론 봄 점퍼를 팔고 있는 아저씨의 고함소리가 나를 슬프게 한다."라고 하면서, 떠나온 고향은 기억 속에서만 존재한다고 술회하였다. 옛날 농경사회에서 오일장은 분명히 지역 공동체의 열린 문화 광장이었다. 오늘날처럼 농촌조차 도시화한 현실 속에서 오일장은 어른의 추억 속에만 남아있는지 모른다. 조산천 변에 자동차 대신에 장꾼으로 들썩대는 말 그대로 시끌벅적한 장터를 다시 볼 수 있을까?

경산에 코발트 광산이 있었다

7월 중순, 장마가 끝나고 무더위가 한창이다. 하늘에는 먹구름이 짐승처럼 달려든다. 소나기가 올 모양이다. 3,8선을 넘은 공산군이 대전까지 밀고 내려왔다는 소식이 파다하다. 김 씨는 초봄에 스물여섯 나이에 장가를 들었다. 신혼인데도 마음이 뒤숭숭했다. 대를 이어 가난한 소작농이었다. 광복 후 토지를 무상으로 배급한다는 좌익 단체의 선전에 잠시 빠진 적이 있었고, 그게 빌미가 되어 강제로 보도연맹에 가입했다. 농사를 천직으로 여기는 그에게 '보도연맹'은 낫 한 자루만큼도 의미가 없었다. 김 씨는 아내와 나란히 콩밭을 매고 있었다. 달포 전에 심은 콩이 제법 이랑을 그득하게 채웠다. 그런데 느닷없이 밭머리에 나타난 경찰에 의해 영문도 모른 체 연행되었다. 뭔가 심상찮은 분위기였다. 함께 끌려온 사람 대부분이 보도연맹원이란 것을 알았다. 경찰서에서 하루를 지내고 이튿날 아침 일찍 포승줄로 묶인 채 트럭을 타고 어딘가로 이동했다.

역사의 비극과 인간의 야만을 가장 잘 표상하는 것이 전쟁이다. 왜 그런가? 전장에서 총칼로 무장한 사람끼리 전쟁을 벌이는 것은 인간 사회의 갈등을 해결하는 방법이라는 점에서 불가피한 측면이 없지 않다고 치자. 하지만, 전쟁은 무장집단끼리의 싸움으로 끝나지 않는다. 전쟁에는 무기를 들지 않은 민간인의 무차별 살상이 뒤따른다는 점, 이것이 전쟁의 비극성과 야만성의 극치다. 이런 것을 '제노사이드(genocide)'라고 한다. 동서고금을 막론하고 제노사이드는 끊이지 않았다. 학살은 전쟁의 부산물에 지나지 않는 사소한 일이 아니다. 인간의 잔혹함을 극렬하게 드러낸다는 점에서 전쟁과 역사의 한복판이다. 그런데 왜곡된 역사인식은 전투에만 조명을 집중하고 제노사이드를 주변으로 밀쳐내기 일쑤다. 이는 역사적 진실과 인간의 야만성을 은폐하거나 외면하는 것으로서 살상만큼이나 비인간적이다.

이념 대립만으로 해석하기에는 너무나 비극적인 제노사이드가 우리와 아주 가까운 곳에서도 있었다. '경산코발트광산 민간인학살사건'이 그것이다. 그 비극성은 과거에 일어났던 사건으로 끝난 것이 아니라, 육십 년의 세월이 흐른 지금에도 진행 중이다. 통탄하지 않을 수 없는 대목이다. 1950년 한국전쟁 발발 후 7월 초에서 9월 초까지, 경산시 평산동에 있는, 코발트광산 폐광 지하 갱도와 인근 대원골 일대에서 3,500여 명의 민간인이 군경에 의하여 학살되었다. 경산 및 청도 지역 보도연맹원과 대구형무소 수감자가 그들이다. 진상 규명에 앞장서고 있는 '경산신문'의 최승호 대표는 이렇게 기록한다. "수감자들은 포승줄로 묶인

유골발굴 현장

채 군용 트럭에 실려 끌려와 수직 갱도 입구에 나란히 세워진 뒤 총살되었거나 산 채로 수장되었다. 일부는 도끼 같은 예리한 흉기에 맞거나 기름에 태워지는 등 잔인한 방법으로 학살당했다." 아우슈비츠를 잔혹한 시민시회의 결말이라고 했던 아도르노의 발언은 여기에도 해당된다.

1억 7천만 명이 학살된 20세기를 어느 학자는 제노사이드의 세기라고 했다. 정치적 이데올로기에서 출발한 제노사이드의 역사는 그 인식까지도 정치적이다. 인간의 야만과 잔혹성에 대한 정치적 인식은 역사적 사실을 망각하고 은폐하고 조작하는 또 다른 차원의 비인간성을 극명하게 드러낸다. 경산 코발트광산 사건은 희생자의 역사다. 이 역사의 진상은 정치가 아닌, 먼저 사실 확인 차원에서 규명되어야 할 것이다. 그리고 희생자의 권익을 회복 시켜야 한다. 60년 동안 캄캄한 갱도에 은폐되었던 역사의 진실을 외면해서 안 된다. 그것은 누구의 책임이 아니라, 너와 내가 소속된 집단의 단수로서 인간의 의무다.

　경산 코발트광산 유해 발굴 현장은 평산동 야산 중턱에 있다. 유족회의 컨테이너 사무실이 흐드러지게 피어나는 개망초꽃들 사이에 덩그렇게 놓여 있다. 가까운 곳에 있는 수평 제 1굴의 회색 철문이 군데군데 녹 쓸어 희생자의 상처 같다. 거기서 오르막 길을 조금만 오르면 수직 1굴의 유해 발굴 현장이 나온다. 깊은 지하에서 수많은 혼령이 절규하는 소리가 아득하게 들려오는 듯하다. 현장 바로 옆은 노인 요양 전문병원이다. 환자 한 사람이 휠체어를 타고 재활운동을 하려고 오르막 오르기를 하는 데 너무나 안쓰럽다. 육신을 마음대로 움직이지 못하더라도 갱도 속에 묻힌 사람보다야 낫겠지? 광산 주위 일대는 모 기업이 만든 골프 장으로 이어지는 도로공사가 한창이다. 멀리 경산시 쪽으로는 고층아파트 공사장의 대형 건설 크레인이 하늘을 찌른다. 동쪽으로는 진리의 전당인 어느 대학이 자리 잡고 있다. 경산코발트 광산 유해 발굴 현장은 주위와 완전히 겉돈다. 그 기괴한 공간 배치가 낯설고 어색하기 짝이 없다. 있어 안 될 일이 벌어진 비극의 현장이기 때문일까? 망령들의 넋인 양 지천으로 피어 있는 개망초가 더욱 슬퍼 보였고, 숲 속에서 들려오는 뻐꾹새 소리가 가슴을 울린다.

　김 씨의 부인은 남편이 끌려간 그 이튿날 경찰서에 면회를 갔지만 남편을 만날 수 없었다. 그리고 유복자 아들을 낳았다. 그 유복자는 50살이 되어서야 아버지가 코발트 광산에서 비참하게 살해되었다는 사실을 알았다.

위령제 살풀이

경산 대추 풍년인데

가을은 알고 있다. 지루하고 무더웠던 여름이 그렇게 손길을 놓지 않고 끝까지 버티었던 이유를. 그동안 꽃을 피우고 잎을 키워왔던 모든 곡식과 과일은 가을이 되면 자기 존재의 완성품을 풍성하게 드러낸다. 씨를 뿌리고 나무를 가꾸었던 농부도 마지막까지 곡식과 과일이 완전히 여물어 단맛으로 충만하기를 하늘에 기도한다. 그 기도는 자식을 키우듯이 정성과 땀을 쏟아온 농부의 소박한 소망이다. 가을에 거두는 오곡백과는 뿌리고 가꾼 만큼 얻기를 소망하는 농부의 순수한 마음의 결정체다. 그러니 어찌 빛깔의 곱고 곱지 않음을 따질 것이며, 한 톨이라도 함부로 버릴 수 있겠는가.

황금빛으로 물든 임당들판을 지나면 금호강둑 남쪽으로 거대한 숲을 이룬 대추밭 단지를 만난다. 미로 같은 길을 따라가다 보면 금방 방향을 잃고 말 정도로 넓다. 압량들 금구리와 현흥리 일대의 대추단지다. 대추 수확이 한창이다. 대추 나뭇잎은 아직 여름의 짙푸른 빛 그대로다. 대추를 끝까지 영글게 하려고 어금니를 악문 것 같아 안쓰럽기까지 하다. 장대로 나뭇가지를 턴다. 비

닐 멍석에 떨어진 대추알을 골라 담는 농부의 일손이 바쁘다. 강
둑에서 내려다보면 대추밭 숲은 그냥 고요하고 푸른 바다다. 가
을의 고요 속에는 잘 익은 고동색의 대추가 세상 밖으로 나갈 채
비를 한다.

경산은 전국 최대 규모의 대추 생산지다. 주로 압량. 진량, 자
인, 하양 지역에서 대추 농사를 많이 짓는다. 금호강 범람원의 비
옥한 토양은 오래전부터 과수농사를 짓기에 적격이었다. 이 지역
은 태풍과 홍수 피해도 적고 일조량도 많아 과수를 재배하기에
천혜의 기후 조건을 가진 곳이다. 경산 대추는 1970년대 이후 사
과 대체 작목으로 재배가 시작되었지만 예부터 경산 대추의 명성
은 전국적이었다. 구전하는 장타령에도 "불면증에 전전반측 경
산 대추가 제격이라."라고 했다. 과수 재배 면적으로 본다면 포도
와 복숭아 다음이지만, 생산량으로 본다면 경산 대추는 전국
25%를 차지한다.

대추나무는 늦게 겨울잠에서 깬다. 이른 봄부터 많은 나무가
요란스럽게 잎과 꽃을 피워도 조급하게 굴지 않고 인내심을 가지
고 제때를 기다릴 줄 안다. 꽃은 잎보다 연하고 작아서 겸손하다
고 양반나무로 부른다. 일 년에 한 번 꽃을 피우는 다른 나무와는
달리 대추나무는 여름 내내 꽃을 피워 열매를 맺는다. 가지에 주
렁주렁 달린 대추를 보면 과일 중에 저만큼 풍성한 것은 없을 듯

하다. 기다릴 줄 알고, 겸손하면서 넉넉한 열매를 맺는 대추야말로 전형적인 농부의 모습이 아닌가. 늦은 만큼 더욱 알차게 자신을 채워가는 대추나무에서 자성하는 삶의 지혜를 배운다.

　대추와 대추나무는 우리 생활과 밀접한 관계를 맺어왔다. 한방약제로 널리 쓰이고, 관혼상제 때는 필수적인 과일이다. 전통적으로 대추는 다산과 아들의 상징물이었다. 꿈에 대추를 먹으면 아들을 낳을 태몽이다. 결혼 후 폐백 때 대추가 빠지지 않는 것도 같은 맥락이다. 단옷날에 대추나무 시집보내는 풍습도 다산과 무관하지 않다. 나무의 질이 단단하여 여러 가지 생활필수품 재료로도 사용되었다. 그리고 시인 서정주는 "파뿌리같이 늙은 할머니와 대추꽃이 한 주 서 있을 뿐이었다."라고 고향을 추억했다. 대추나무는 고향집을 지키는 지킴이다. 대추가 외할머니 같다는 말에도 정감이 간다.

하양 대추밭

올해 대추 농사는 풍년이다. 그러나 환금성을 떠난 농산물은 무의미하다. 품질 좋은 대추가 제값을 받지 못하다면 풍년인들 무슨 소용인가? 경산 대추를 널리 알리고, 좋은 값 받고 팔 길을 마련하고자 많은 사람이 애쓴다. 올해 두 번째인 남천 강변의 '경산대추축제'도 아마 그런 뜻에서 열렸으리라. 대추 농사 풍년을 자축하고 판로를 개척하겠다는 일거양득의 잔치다. 그런데 어인 일인지 대추 잔치에 대추도 없고, 대추 농사를 지은 농민들도 뜸한 듯하다. 양복 윗주머니에 꽃 단 사람이 빼곡히 찼다. 대추 사랑을 힘주어 말하는 그들도 '대추나무에 연 걸리듯' 한 농민의 태산 같은 빚 걱정을 알고는 있으리.

경산의 대추 생산이 전국적인데도 여기에 걸맞은 가공식품이 변변찮다니! 분연히 팔을 걷어붙이고 나선 사람이 있다. 와촌에서 갓바위 가는 길가에 '경산대추빵집'을 연 박태환 씨가 그 주인공이다. 얼굴빛도 대추색깔처럼 건강하고, 품은 뜻도 대추나무처럼 단단하다. 경산지역의 품질 좋은 대춧가루를 40%나 넣어 빵, 과자, 양갱, 구리볼, 만쥬 등의 제품을 생산한다고 한다. 빵 한 조각을 입어 넣어 본다. 대추 특유의 향과 달짝지근한 맛이 고향에 대한 향수를 불러일으킨다. 그가 벌인 일은 아직 작은 몸짓에 불과하지만 경산 대추를 진정으로 아끼는 사람이 아닌가 싶어 믿음이 간다.

경산대추

가마골 연구실에서

　퇴근을 미루고 연구실 밖으로 나온다. 대운동장으로 간다. 작년에 우레탄을 깔아 깔끔하게 정리한 운동장이다. 세계 공인 규격의 축구장과 육상 트랙이 반듯한 맵시를 드러낸다. 타원형의 트랙을 따라 걷는다. 남쪽 중천에 뜬 상현달이 늦가을의 애잔함을 부추긴다. 소슬바람 한 줄기가 스쳐간다. 마음 한구석이 빈집처럼 텅 빈 느낌이다. 바람이 내 안까지 들어와 마음을 가지고 달아난 모양이다. 순간적으로 쓸쓸함이 밀려든다. 학교 건물 쪽으로 눈길을 돌려 본다. 도서관을 비롯하여 교수 연구동에는 아직 불 켜진 방이 많다. 취업 준비로 도서관에 붙어사는 학생은 밤낮이 없다. 강의와 논문 준비로 시간을 쪼개야 하는 교수에게 밤 시간은 얼마나 귀중한가. 저들이 밤을 밝히는 이유는 무엇인가. 삶 자체인가, 열정인가, 야망인가. 누구나 나름대로 희망을 품고 불씨를 태우겠지. 타는 동안은 행복하리라. 경일대학교 교수로서 생활해온 지난 시간이 가을바람에 스쳐간다.

　내가 처음으로 경일대학교에 부임한 것은 40대에 접어든 1992년 9월이었다. 당시 캠퍼스는 대구시 효목동에 있었고, 교명은 경북산업대학교였다. 1994년에 지금의 경산시 하양으로 캠퍼스를 이전하고, 1997년 일반대학으로 전환하면서 교명을 경일대학교로 개칭했다. 2005년 교육문화콘텐츠학과를 신설하기 전까지 나는 교양학부 소속 교수로서 주로 국어, 글쓰기, 문학 등과 같은 교양과목을 강의했다. 구성원과 다양한 인간관계를 맺으면서 점차 학교생활에 정을 붙였고, '우리 대학'이라는 강한 소속감도 가지게 되었다. 특히, 캠퍼스의 자연환경은 큰 위안이 되어주었다. 경일대학교 캠퍼스는 조경이 아름답다. 자연미를 잘 살렸고, 인간 친화적이다. 교문에 들어서는 순간 마치 자연 속으로 들어가는 듯한 느낌을 받는다. 이러한 환경은 일상의 청량제 역할을 한다. 그것의 의미는 결코 가벼운 것이 아니다.

대학 교수가 해야 할 일은 많다. 무엇보다 학문연구는 무거운 짐이 아닐 수 없다. 학문을 탐구하는 일은 교수에게 주어진 가장 큰 책무다. 학문은 교수라는 직업의 고유성을 보장하는 마지막 보루라고 늘 생각해 왔다. 그런데 세상은 바뀌었다. 가르치는 일과 봉사하는 것도 교수에게 중요한 일이 되었다. 이제 교수가 해야 할 일은 학문만이 전부가 아니다. 그만큼 다양한 역할이 기대되는 시대다. 주어진 여건 속에서 자신의 역량을 충분히 발휘할 수 있다면, 그것이 학문이 아니더라도 교수로서 역할을 충분히 했다고 할 것이다. 나는 이런 점에서 미흡하다. 나를 학문이란 울타리 안에 가두어 놓고 편협한 길로만 가려 했던 같다. 그랬으나

대운동장 야경

결과는 고졸한 학문 세계에 한 발도 내딛지 못하고 겨우 변죽만 울리고만 꼴이다. 아무것도 한 것이 없다. 학문에 좀 더 힘을 쏟지 못한 지난 시간이 후회막급이다. 아무것도 이룬 것이 없다는 생각에 가슴이 아리다. 공부를 떠올릴 때마다 자책과 부끄러움만 밀려온다. 학문에 대한 의욕은 넘쳤는데, 그것을 담아낼 인격의 그릇은 부족했던 모양이다.

학교 연구실은 내 영혼을 살아 움직이게 하는 공간이다. 때로는 지친 영혼을 달래주는 안식처가 되기도 한다. 이십 년 가까이 문을 여닫으며 드나들었지만, 싫증이 나지 않는 곳이다. 갈수록 정이 깊어만 간다. 연구실은 어떤 곳보다도 나에게 편안한 장소다. 며칠 만에 연구실 문을 열고 조명등을 켠다. 순간 책장의 책과 의자와 온갖 사소한 물건들이 환한 얼굴로 내 품 안으로 달려드는 듯하다. 반갑기 그지없다. 그래서인지 연구실 안에 있는 어떤 것이든 밖으로 내다버리지를 못한다. 애착 때문에 무엇이든 옆에 두려고 하다 보니 갈수록 복잡해져 간다. 정리가 필요한데도, 차일피일하고 있다. 그런데 최근에 큰 걱정거리가 생겼다. 그전에는 아무리 복잡해도 필요한 책이나 물건을 금방 찾아내는데, 이제는 그렇지 못하다. 서가 어느 곳에 있어야 할 책이 보이지 않아 며칠을 찾을 때도 있다. 어제 분명히 책상 위에 얹어 놓은 물건이 눈에 들어오지 않는다. 이제 한계에 온 것인가. 잡았던 끈을 놓을 차례인 모양이다. 나에게 남은 일은 연구실의 많은 책과 물건을 치우는 일일 것이다. 그러려면 나의 욕망부터 내려놓아야 한다는 것도 알고 있다.

　연구실에서의 공부는 책 속에서 길을 찾는 것과 다르지 않다. 나의 인문학 공부는 서적 속을 헤집고 다녔다. 책에 길이 있다고 믿었다. 문헌을 찾고 텍스트를 해석하는 작업에 매달렸다. 그러다 보니 잡다한 지식과 무거운 관념의 더미에서 헤어나지 못했다. 논문 편수를 쌓는 것이 학문의 성과라고 생각했다. 학문은 어떤 조건에도 흔들림이 없는 절대적인 진리라고 믿어왔다. 제도에 불과한데도 말이다. 시간과 노력을 쏟아 집필했던 논문들, 진리를 논하던 숱한 언어는 우리의 삶과는 상관없이 책속에서만 겉돌았는지도 모른다. 지식과 관념의 사막을 헛되이 걸었던 것이 아닌가. 합리적 보편성만 앞세울 줄 알았지, 삶의 섬세한 무늬를 제대로 읽지 못하는 학문이 무슨 소용인가. 무엇을 위한 공부인가. 학문 자체만을 위한 제도적 학문, 삶의 현실을 담아내지 못하는 공부, 세상과 인간을 이해하려는 태도를 갖추지 못한 학자. 그러고 보면 내 연구실은 나만의 도피처였을 수도 있다. 내 연구실에서 나는 공부를 핑계 삼아 세상을 외면한 채 개인적인 안일에 빠져 있었는지도 모른다.

　연구실 문을 연다. 닫혀 있던 연구실 공간 안으로 자연과 세상을 끌어들이고 싶다. 안주의 공간을 박차고 나가 세상을 향해 손을 내밀리라. 이 책에 수록된 글은 이런 내 생각의 작은 실천이다. 자연과 세상에 대한 나의 이야기와 느낌이 비록 보잘것없어 별다른 의미가 없다고 하더라도, 세상과 교감하고자 한 나의 생생한 호흡이기에 더없이 소중하게 느껴진다.

가마골 연구실에서

4부

경산 사람

원효는 압량군 불지촌에서 태어났다

원효암에 가려면 갓바위 가는 길을 따라 올라가다가 선본사 못 미쳐 오른쪽 산길로 접어들어야 한다. 길이 좁고 경사가 급하다. 군데군데 차량 교행이 되도록 공간을 마련해 두었으나 마음이 쉽지 않다. 자연은 아무런 뜻이 없는 것 같지만, 사람의 온갖 감정과 정서를 발산시킨다. 이럴 때 사람 마음은 몸 밖에 있는 것 같다. 첩첩 산중으로 들어갈 때 느끼는 한적함이 안개처럼 짙게 깔린다. 불교에서 '만물은 모두 실체가 없어 생각하고 분별할 것도 없다.' 는 '공적(空寂)함' 이 바로 이런 것인가? 침묵의 공간을 뚫고 나오니 산 중턱에 고적하게 자리 잡은 원효암이 시야에 들어온다. 신라시대 원효가 창건하고 수도 생활했던 사찰이라고 한다. 옛 모습은 상상 속에 숨어버리고 중건 공사로 주위가 어수선하다. 암자 동쪽 골짜기에는 원효가 수도했다는 석굴이 있다. 그래서 이곳이 '원효암' 혹은 '원효사' 로 불리는 모양이다.

원효암 뒤로 한참 산길을 오르면 마애좌불이 있다. 나무가 빽빽한 숲이어서 큰 바위가 덩그렇게 자리 잡았다는 것부터 신기했다. 하늘이 내려준 신령스러운 바위인가? 반 양각으로 새겨진 자

그마한 좌불에서 소박함이 넘친다. 타원형의 감실은 불상을 아늑하게 감싼다. 천 년이 넘는 세월에 불상의 세밀한 조각은 마모되었으나, 전체 윤곽은 제대로 균형을 유지하고 있다. 얕은 석굴에 살짝 들어가 앉은 불상에서 평온함과 무던함이 물씬 풍긴다. 마애석불(磨崖石佛)은 바위 위에 직접 부처상을 새긴 것이다. 서민들은 왕실이나 귀족이 찾는 이름난 큰 사찰에는 가기 어려웠을 터, 생활공간과 인접한 바위에 부처상을 조각하고 복을 빌었을 것이다. 마애불상은 민간불교의 전형적인 흔적이다. 부처를 새기기 전에는 바위 자체가 이미 믿음의 대상이었다. 그러므로 마애불은 부처를 바위에 새긴 것이 아니라, 부처를 바위에서 찾아낸 것이 아니겠는가. 바위에 붙은 저 작디작은 이끼는 간절했던 소망들을 기억하고 있을까.

원효는 신라 진평왕 39년인 서기 617년에 "압량군의 남쪽 불지촌(佛地村) 북쪽 율곡(栗谷) 사라수(娑羅樹) 밑에서" 태어났다. 압량군은 지금의 경산이다. '불지촌 율곡'은 정확하게 어딘지 밝혀지지 않았다. 하지만, 원효의 출생지가 경산 어느 지역이라는 점은 분명하다. 경산과 팔공산 일대 도처에 원효와 관련된 사찰이나 수도처가 현존한다. 원효암, 불굴사의 석굴, 수도사, 오도암 등이 그것이다. 『삼국유사』에 "원효스님은 이미 출가하자 그 집을 희사해서 절로 삼고 이름을 초개사(初開寺)라고 했다."라는 기록이 있다. 경산시 유곡동 현성산 신림사(新林寺) 사지(寺址)가 그곳이 아닌가 싶다. 이곳의 유물은 일제강점기에 공의(公醫)가 일본으로 가져가고 남은 일부가 지금 경산시 박물관에 옮겨져 전한다. 신림사 사지를 찾아가니 임시로 지어진 대웅전과 요사채가 눈에 들어온다. 스님 한 분이 몇 년 전부터 이곳에 와 '초개사' 중건을 준비하고 있단다. 계단 아래는 설총 신도비가 산의 고요 속에 외로이 자리를 지키고 있다. 이곳이 기록에 전하는 그 초개사인지 알 수 없으나 원효와 설총 부자와는 인연이 깊은 장소임은 분명한 것 같다.

요석공주와 인연을 맺었다는 것, 그리고 그 사이에 아들 설총을 두었다는 사실은 원효라는 역사적 인물을 이해하는 데 중요한 부분이다. 물론 요석 공주나 설총이 아니더라도 원효는 그의 사상만으로도 우리 역사에 크게 새겨질 인물이다. 하지만, 그 또한

한 시기를 살았던 실존인물인 터라, 그의 실존적 삶이 사상보다 중요하지 않다고 못하리라. 어느 날 원효스님이 거리에서 "누가 나에게 자루 없는 도끼를 빌려 주겠는가. 나는 하늘을 받칠 기둥을 찍으리."라는 노래를 불렀다. 여기서 자루 없는 도끼는 '과부'를, 하늘을 받칠 기둥은 '국가의 동량이 될 인재'를 뜻한다고 한다. 이 노래의 뜻을 요석의 아버지 태종무열왕이 알아차리고 원효를 찾았다. 이것이 인연이 되어 원효는 요석궁에 사흘 동안 머물렀으며, 그로써 설총을 낳는다. 원효를 향한 요석의 마음을 춘원은 소설 『원효대사』에서 이렇게 그렸다.

나라를 위하여서 그 명복을 빌고 정절을 지킬 몸이 다른 남자에게 뜻을 두는 것을 음탕하다고 생각하십니까. 그렇게 말하신다면 그 책망도 달게 받사오리다. 그러나 (중략) 이 몸도 죽으면 무주고혼이 되오. 다행이 갸륵하신 이의 씨를 받는다면, (중략) 나라에도 큰 사람 한 분을 길러 바칠 것 같소.

설총은 경산 유곡동에서 태어나 여천에서 자랐다고 전해진다. 지금 경산시 남산면 하대동에는 후손이 설총을 추모하기 위해 건립한 '도동재'가 있다. 설총은 강수(江首) 및 최치원(崔致遠)과 함께 신라 3대 문장가로 일컬어지고, 신라 10대 현인의 한 사람으로 추앙받는 인물이다. 그는 정치가라기보다는 유학을 연구한 학자였다. 후학을 가르치는 일 또한 학자의 몫이다. 설총은 국학(國學)에서 신라의 인재를 양성했던 훌륭한 스승이었다. 학문을 연구하고 가르치는 데에는 언어가 필수적이다. 저술을 통해 남의 지식을 얻고, 그것을 바탕으로 생각하고, 그럼으로써 나의 의견을 정립하여 글로 남기는 것이 학문하는 일이 아니던가. 책과 말이 없으면 가르칠 수 없다. 설총이 살았던 신라시대의 언어 여건을 짐작해 보자. 학문하는 데 무엇이 가장 절실했겠는가. 구결(口訣)과 이두(吏讀)와 관련하여 역사가 기록하는 것을 볼 때, 설총은 학자로서의 진지하게 고민했던 사람임을 알 수 있다. 이룩한 학문적 업적도 대단했음을 미뤄 짐작이 가지만, 그것이 길이 전해오지 않는데 어찌하랴. 안타깝고 안타까울 따름이다.

원효

일연

신라의 삼국 통일은 불교의 호국사상이 없었으면 불가능했을 것이다. 여기에는 원효라는 큰 스님과 대사상가가 있다. 원효는 신라의 불교를 정상에 올려놓고 삼국통일의 사상적 기반을 마련했다. 그는 전국 곳곳을 다니면서 불교를 서민 대중에게 널리 알렸다. 이를 '무애행(無碍行)'이라고 한다. 뿐만 아니라, 방대한 그의 저술은 초인적인 수준이어서 감탄하지 않을 수 없다. 모두 그의 깊은 사상에서 분출된 결과물이 아니겠는가. 원효 사상의 한복판에 화쟁사상(和諍思想)이 있다. "모든 이견(異見)과 이론(異論) 간의 다툼에 융섭(融攝)의 논리로 화회(和會) 내지는 회통(會通)시키는 것"을 말한다. 물과 기름처럼 분리되어 배척하는 관계를 서로 섞고 녹여서 회통시키는 것이 '융(融)'이다. 즉, 화합을 뜻한다. 서로 자신을 열어두고 끌어당기는 것이 '섭(攝)'이다. 관대해짐으로써 상대를 포용하는 것을 말한다. 그러니 '융섭'은 서로 받아들여 화합함을 말한다. 이 화쟁사상은 어쩌면 격차와 갈등이 심각한 이 시대에 더욱 유효할지 모른다. 원효의 사상은 당시에만 진리였던 것이 아니라 오늘에 더욱 빛이 나는 만고의 진리에 닿아 있다. 그 심오함과 위대함에 어찌 고개 숙여지지 않으리.

원효는 경산에서 태어났으니 경산 사람임이 분명하다. 경산이 원효스님을 자랑스럽게 생각하고 높이 숭앙하는 것은 당연하다. 그런데 그는 천촌만락을 누비며 불교를 알리고 세상의 진리에 대해 설법했으며, 곳곳에서 수도하고 학문에 몰입했다. 태어난 고향만을 두고 그를 경산 사람으로 제한하려는 것은, 하늘에 뜬 달을 가리키는 손가락을 두고 달이라고 우기는 것과 다를 바 있겠는가? 그가 융섭을 집착에서 벗어나는 길이라고 하지 않았던가? 원효를 경산사람만은 아니라고 버릴 때 그는 진정한 경산 사람으로 우리의 의식 속에 다시 태어날 것이다.

　원효암에서 내려오는 길은 올라갈 때와 마찬가지로 여전히 가파른 오르막길이었다.

도동재

시인 김윤식 생가를 찾으며

시인 김윤식

　역사와 문화가 숨 쉬는 곳이면 어디든 예술의 향기를 전해주는 인물이 있기 마련이다. 경산은 원효, 설총, 일연이 태어난 곳이다. 이를 내세워 지금 경산을 '삼성현'이라고 부르며, 이들을 부각시키기에 여러 모로 애쓰고 있다. 문화를 상품화하려는 의도가 강하지만, 묻힌 이야기를 발굴하고 그 가치를 새롭게 정립하는 것은 의미 있는 일이다. 경산에서도 여느 고을보다 훌륭한 인물이 많이 나와 그것이 지난 역사를 장식하고 오늘의 문화적인 전통을 재구성하는 데 기여한다면 더 할 나위가 없으리라. 하지만,

역사적인 거물이 많지 않다 해서 아쉬워할 필요 없다. 주어진 대로 과거를 읽고 그 의미를 바로 세우면 그것으로 충분하다. 어떤 인물의 위대함을 집안사람끼리 자랑한다고 해서 빛나는 것은 아니다. 집 밖에서 알아주어야 한다. 집안에서 자신의 사람을 자랑할 때는 조금 목소리를 낮추어 말하는 것이 격에 맞다.

5월 중순 붉은 장미꽃이 봄이 지나간 서운함을 위로해 주듯 화려한 얼굴을 내밀 무렵이다. 시인 서지(西芝) 김윤식(金潤植) 생가를 찾아가는 길이다. 경산에서 출발하여 자인 네거리에 이르면 남산면과 용성면으로 가는 갈림길이 나온다. 네거리에서 '연하제' 못을 오른 편으로 끼고 동쪽으로 919번 도로를 따라가면 경산시 남동쪽에 위치한 용성면에 도달한다. 청도 운문댐으로 이어지는 2차선 도로에는 차량이 줄을 이을 정도로 왕래가 잦다. 근대 도시문화가 깊이 침투했으나 아직까지 구석구석에는 전통적 농경사회의 추억과 정취를 일깨워주는 풍경이 정겨운 모습으로 남아있다. 산모퉁이를 돌아 면소재지로 가는 길에는 오래된 가로수가 터널을 이루어 오가는 행인을 반가이 맞아준다. 자연의 원시성이 넘쳐나는 아름다운 길이다. 용성 초등학교와 중학교 교정의 신록이 짙은 나무도 과객의 마음을 끌기에 충분하다.

김윤식 생가는 용성면 소재지에서 구룡산 계곡으로 가는 길을 따라 멀리 가지 않아 도로 왼편 나지막한 산을 등진 덕촌리에 있다. 마을 안쪽에 자리 잡은 생가는 대문이 잠겨 있고 지금은 사람

김윤식 시인 생가

이 거처하지 않는 모양이다. 마당가 텃밭에는 채소들이 탐스럽게 자라고, 대문 밖 길가에는 오래된 탱자나무 한 그루가 문지기처럼 무심하게 서 있다. 사회 불의에 맞서 곧은 정신을 굽히지 않았던 김윤식 시인의 정신이 그 탱자나무에 서려 있는 것 같다. 그는 경산을 대표하는 시인이다. 그는 고향에서 농사를 지으며 시작 활동을 한다. 대부분의 시인이 지식과 문명의 후광을 받기 위해 중앙으로 나가려 하나 그는 오히려 변두리인 이 시골에 머문다. 문학과 삶의 실천을 분리시키지 않았던 김윤식 시인은 분명 경산의 자랑이다.

시인 김윤식은 1927년 용성면 덕천리에서 태어난다. 일본 동경 전수대에서 법학을 공부했으나 전공을 바꾸어 홍익대학교 국문학과를 졸업한다. 용성초등학교 교사, 대구신보 기자, 흥해중학교와 경주여자고등학교 교사를 지내다가 1958년부터 고향에 들어와 정착한다. 농사를 지으면서 한편으로는 다방면에 걸쳐 활발한 사회 문화 활동을 한다. 1957년에 첫 시집 『오늘』을 출간한 이래 『아직은 체념할 수 없는 까닭』(1960), 『산촌근일초』(1973), 『하늘이여 너에게』(1984)를 상재한다. 그는 문단 중앙에서 많은 사람의 관심을 모으며 화려한 활동 경력을 보여준 시인은 아니다. 대중의 이목을 의식하지 않고 자기 소신대로 시를 썼던 자유인이었다. 그의 시세계는 크게 두 가지다. 하나는 농사일에 종사하는 시인으로서 자연과의 교감을 통해 우주 만물의 원리에 다가

가는 희열을 노래하는 시다. 자연을 중심에 둔 농민시가 여기에
해당한다. 다른 하나는 정치적인 억압 상황에 대한 인식과 저항
을 바탕으로 하는 저항시다. 이 둘은 모두 근본과 원칙을 중시하
면서 바르게 살고자 하는 시인의 인생관에서 출발한다.

1960년 2월 28일에 '대구 2·28 민주학생의거' 일어난다.
4.19의 도화선이 되었던 학생운동이다. 그 현장을 목격한 김윤식
은 3월 1일 『대구일보』에 저항시 〈아직은 체념할 수 없는 까닭〉
을 발표한다. '2·28 학생 데모를 보고' 란 부제가 붙어 있다.

설령 우리들의 머리 위에서
먹장 같은 구름이 해를 가리고 있다 쳐도
아직은 체념할 수 없는 까닭은
앓고 있는 하늘
구름장 위에서
우리들의 태양이 작열하고 있기 때문
　―(중략)―
1960년 2월 28일
우리들 오래 잊지 못할 날로,
너희들
고운 지성이사
썩어가는 겨레의 가슴 속에서
한 송이 꽃으로 향기로운 것이니

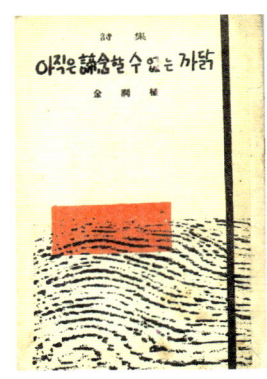

시집『아직은 체념할 수 없는 까닭』

이 시가 담고 있는 내용이나 시적 성공 여부와 관계없이, 의사 표현의 자유가 허용되지 않던 당시 정치 현실에서 이처럼 저항의 뜻을 주저 없이 분연히 말할 수 있는 시인의 용기를 높이 평가하지 않을 수 없다. 그는 이 땅의 민주주의를 "빛 좋은 개살구"라고 비판한다. 1980년대까지 민주주의를 지키기 위해 쏟아냈던 그 어떤 언어보다 결연한 의지를 담고 있다.

'인생은 짧고 예술은 길다'라는 말은 내가 최초로 의식 속에 새긴 격언이 아닌가 싶다. 이는 중학교 때부터 '인간은 사회적 동물이다.'라는 말만큼이나 귀가 따갑도록 들었던 것이다. 자주 들어 익숙하기는 했으나 그 참뜻을 제대로 이해하진 못했던 것 같다. 인간 육체는 죽고 말지만, 인간의 훌륭한 정신은 오래 남을 수 있다는 뜻으로 막연하게 받아들일 따름이다. 화술의 재치 수준에서 더러 인유하던, 너무나 식상한 이 말의 의미는 세월이 지날수록 더욱 진한 여운을 남긴다. 예술은 길고 영원하다. 사람은 죽지만 예술가는 죽지 않는다. 예술가는 작품으로 불멸한다. 하이데거가 말하듯이, 예술가는 작품의 근원이고, 작품은 예술가의 근원이다. 나아가 예술가와 작품의 근원은 예술이다. 예술가를 영원히 살도록 하는 것은 작품이고, 그 작품의 근원은 예술인 셈이다. 그렇다면 시간을 초월하는 예술은 무엇인가? 그것은 보이지 않으면서도 많은 사람의 마음에서 지워지지 않는 의미이고 감동일 것이다.

    한국근대문학사 백 년 동안 족적을 강하게 새긴 사람이 많을 것 같으나 막상 꼽으라면 그리 흔하지 않다. 시인 김윤식은 1927년 용성에서 태어나 그곳에서 살다가 1996년 8월 29일 향년 69세로 일생을 마친다. 서울 수유리 4.19 국립묘지에는 "괴로운 계절의 흐린 하늘 아래서/ 떨어져 고웁게도 조국의 품에 안긴/ 앳띤 꽃봉오리여"로 시작되는 〈합장(合掌)〉이란 작품의 시비가 민주주의를 위해 투쟁하다 산화한 영령을 달래며 서있다. 또한 대구 2.28기념 중앙공원에도 2005년에 제막된 시비가 있다. 그의 대표작 〈아직은 체념할 수 없는 까닭〉이 '인생은 짧고 예술은 길다'라는 말을 대변하듯이 돌 위에 깊이 새겨졌다. 그의 시는 우리의 역사의식이 제대로 남아있다면 영원히 지워지지 않을 아름다운 언어다. 경산시에서도 그를 기리기 위해 '김윤식시비건립추진위원회'가 결성되고 곧 시비를 건립할 예정이다. 경산의 산하를 밟으면서 경산의 하늘을 호흡하다 간 서지 김윤식은 분경 경산의 시인이다.

    그의 생가를 뒤돌아 나오는데 저쪽 산에서 뻐꾸기 울음소리가 들려온다.

어린 음악대, 김성도

하양초등학교 뒷교정 작은 연못가에는 특별한 노래비가 하나 있다. 외형이 조형미와는 전혀 상관없는 양 투박한 모습이다. 손바닥만 한 연못 주위에 낙엽이 흩어져 뒹굴고 한 줄기 스치는 가을바람에서 스산함이 묻어나지만, 노래비 받침돌에 조각된 행진하는 여섯 명의 어린이 모습은 해맑은 웃음 그 자체다. 아동문학가 김성도의 노래비다. 동요 〈어린 음악대〉의 가사 전문이 이렇게 새겨져 있다.

따따따따따따 주먹 손으로
따따따따따따 나팔 붑니다
우리들은 어린음악대 동네 안에 제일가지요

쿵작작 쿵작작 북을 칩니다
구경꾼은 모여드는데
어른들은 하나 없지요

초등학교를 나온 사람이면 누구나 다 아는 노랫말이다. 한 소절만 불러도 고개가 끄떡거리고 어깨가 들썩거린다. 아이들이 줄

지어 음악대 놀이를 하면서 동네 골목을 누비는 모습이 선하다.
놀이를 통해 아이들은 자라고 꿈을 키운다. 거기에는 세상이 열
려 있다.

아동문학가 김성도는 1914년 하양읍 와촌면 덕촌리에서 팔 남
매 맏이로 태어났다. 조부 때부터 와촌에서 농사를 짓는 기독교
집안이어서 기독교적 신앙 의식을 접하면서 성장했다. 하양초등

학교를 거쳐 1928년 대구 계성중학교에 입학한다. 당시 〈오빠생각〉을 작곡한 박태준이 음악 교사로 있었다. 소설가 김동리와는 동기생이다. 중학교 입학 후 그는 문학과 음악 세계에 접하면서 아동문학가의 길을 걷기로 마음먹었다. 중학교 2학년 나이에 이미 동요를 발표하기 시작했고, 1933년 20세에 〈강아지래요〉가 입선하여 문단에 데뷔한다. 그는 동요에서 출발했으나 1950년 대 후반에 들어와 창작 방향을 동화 쪽으로 바꾸었다. 그 무렵 안데르센 동화와 그림 동화를 최초로 번역하여 출간하는 등 아동문학 가로서 활발한 활동을 보인다. 1965년에 첫 동화집 『색동』을 필두로 10여 권의 동화집을 출간했는데, 대부분 1970년대에 집중되었다.

　연희전문학교를 졸업한 김성도는 황해도 신천에 있는 경신초등학교에서 교사 생활을 한다. 1941년에는 다시 함흥 영생중학교로 자리를 옮긴다. 이때는 일제식민지 강압 정책이 극도에 달했던 암울하고 궁핍한 시대였다. 어린이들에게 꿈을 심어주는 일에 뜻을 두고 아동문학의 길을 걷고자 했던 김성도였지만, 식민지 현실 앞에서 절망하지 않을 수 없었다. 당시 그는 강소천, 김영일 등의 문인과 교류할 정도였고 창작에서는 거의 절필하다시피 했다. 그것은 소극적이나마 일제에 대한 묵묵한 저항의 삶으로 평가할 수 있다. 해방 후 대구에 정착한다. 이때부터 아동문학가로서의 활동을 본격적으로 시작했다. 문인의 가치를 판가름하는 것은 작품이지만 문학 판을 벌이고 열기가 식지 않도록 이끌어 가는 일도 매우 중요하다. 그는 1957년 이응창, 김진태와 함께 '대구아동문학회'를 창립한다. 그 후 그의 문단 활동은 전국으로 무대를 넓혀갔다.

옛날 두 나라가 대륙 북쪽과 남쪽에 각각 있었다. 까닭도 없이 사이가 좋지 않았다. 주위 나라들은 이런저런 이야기로 두 나라의 싸움을 부추겼다. 그러던 어느 날 남쪽 나라 궁전에 포탄이 하나 떨어졌다. 그것은 무기가 아니었다. 그 속에는 꽃 뿌리가 담겨 있었다. 남쪽 나라도 의심을 풀고 꽃씨를 넣은 포탄을 북쪽 나라로 쏘아 보냈다. 두 나라는 꽃 뿌리와 꽃씨를 심어 사철 아름다운 꽃이 피는 꽃 나라가 되었다. 그런데 서로 이름을 모르는 꽃이 있었다. 남쪽에서 먼저 북쪽 나라로 사신을 보내어 그 꽃 이름을 서로 알게 된다. 이를 계기로 두 나라는 사이좋게 지냈다. 김성도의 동화 〈대포와 꽃씨〉의 내용이다. 남북통일의 염원을 담았다. 통일의 길은 대포로 상징되는 전쟁이 아니라 꽃씨로 상징되는 평화라는 메시지다. 이데올로기 냉전체제하에서 남북문제에 이렇게 접근한 것은 예사롭지 않다. 작가 김성도의 세계관을 짐작할 수 있는 대목이다.

믿기 어려운 이야기지만 김성도는 하양 와촌에서 대구 계성중학교까지 60리 길을 걸어서 통학했다고 한다. 중학교 때부터 선

김성도 노래비

택한 아동문학가의 길은 통학 길처럼 무척 힘들었을 것이다. 그러나 좌절하지 않고 한 길을 꿋꿋하게 걸었다. 그 힘은 무엇이었을까? 그는 기독교 생활환경에서 지냈으나 기독교적인 테두리에 얽매이지 않고 활달한 생각과 행동을 보였다고 한다. 장부다운 외모를 지녔던 그는 작을 것을 두고 따지는 것을 싫어한 자유로운 사람이었다. 판단에 편견이 없고, 외부 세계를 두루 포용할 수 있는 그릇이 큰 인물이었다. 아동문학가의 길은 특별한 선택이다. 일반문학의 궁극적인 도달점은 자기 자신지만, 아동문학은 내가 아닌 어린이에게로 다가가는 일이다. 그것은 신념이 없으면 불가능하다. 그래서 그 길은 예술가로서의 길이 아니라 교육자의 길이고, 윤리적인 생활 실천의 길이었다.

가수 방운아

　우리나라 사람의 노래사랑은 유별나다. 가무를 좋아했다는 역사적인 기록뿐만 아니라, 지금 우리가 호흡하는 대중문화의 모습을 들여다보면 금방 수긍할 수 있다. 도시든 농촌이든, 도심이든 변두리든, 도롯가든 골목 안이든 어디를 가나 노래방이 없는 곳은 없다. 대중들이 노래를 그만큼 좋아한다는 증거다. 모임이나 행사에서 노래는 빼놓을 수 없는 진행 메뉴다. 오늘날 대중문화를 주도하는 방송 미디어들은 여러 가지 방식으로 가요 프로그램을 편성한다. 전문 채널까지 생기기도 했다. 다른 사람이 부르는 노래를 듣고 환호하기도 하고, 직접 노래를 부르면서 신명을 낸다. 많은 사람이 노래를 좋아하기 때문에 노래를 잘 부른 사람은 인기가 높다. 그래서 인기가수는 대중의 우상이 되기까지 한다. 노래를 좋아하는 우리 문화의 한복판에는 바로 가수가 있다. 가수가 노래고, 노래는 바로 그것을 부르는 가수와 다르지 않다. 또한, 가수가 부르는 노래는 내가 부르는 것이고, 노래의 내용은 바로 나에게 해당하는 이야기다. 나와 가수와 노래는 한 덩어리가 되어 삶의 질펀한 희로애락을 생산하고 소비한다. 노래를 불렀던 가수의 이름은 세월이 흘러도 마르지 않는 기억의 샘이 되어 사람들의 가슴 속에 추억으로 남기 마련이다.

경산 출신 대중 가수 방운아를 기억하는 사람은 그리 많지 않을 것이다. 그는 1951년 6·25 전쟁 중에 가수로 데뷔하여 1970년대까지 활발하게 활동했던 가수다. 벌써 60년의 세월이 흘렀다. 대중가요를 유행가라고 하지 않는가. 유행은 말 그대로 물 흘러가듯이 시간과 함께 흘러가는 것이다. 대중은 언제나 새것을 갈망한다. 새로운 것이 나오면 온통 새것에 마음을 쏟고 기존의 모든 것은 지워버린다. 시간 속으로 사라져 간 것은 추억으로 재생되면서 시간이 지나간 거리를 일깨워 준다. 그래서 유행가는 모두 추억의 노래다. 파편적인 기억으로 남은 추억은 지난 과거의 구체적인 시공간에 묻은 체험들이다. 추억의 노래는 시간 속에 묻힌 과거 체험을 생생하게 되살려주므로 거기에 마음이 끌릴 수밖에 없다. 되돌아갈 수 없는 과거 시간과 체험을 추억하는 것은 누구에게나 애절하고 감동적이다. 우리 주위에는 아직도 전후 황폐했던 시대와 60대 가난했던 시절을 보냈던 사람들이 많다. 이들에게 방운아의 노래는 시간을 되돌려는 놓는 매혹적인 판타지다. 이런 점에서 진정한 유행가는 유행 지난 추억의 노래일지도 모른다.

방운아의 본명은 방창만(方昌萬, 1930~20005)이다. 일제의 조선 식민지 정책이 강도를 높이기 시작하는 1930년에 경산시 서상동에서 2남 중 차남으로 태어났다. 경산초등학교와 창성중학교를 졸업하고, 1949년에 경산고등학교에 입학한다. 재학 중에는 형의 두부 공장에서 일을 도와주었는데, 콩 가는 맷돌을 돌리면서 장단에 맞춰 가창 연습에 몰두했다고 했다. 학창시절부터 노래 부르기를 좋아하여 꾸준히 실력을 쌓았던 것 같다. 고등학교 3학년이었던 1951년에 오리엔트레코드사가 주최하는 전속가수 선발 콩쿨대회에서 1위로 입상한다. 이때 문일화의 노래 〈대동강 달밤〉을 불렀다고 한다. 당시 계성고등학교에 다녔던 가수 도미(본명 오종수)도 함께 입상했다. 이때는 전쟁 중이었다. 서울 및 북쪽 피난민이 대구와 부산 등지에 몰려들었고 사회는 극도로 어수선하고 불안할 때였다. 대중문화 생산의 중심도 대구나 부산으로 옮겨온 때이므로, 대구시 송죽극장 맞은편에 있었던 오리엔트레코드사가 전속가수를 뽑았던 것 같다. 가수가 된 그에게 레코드사 사장이면서 작곡가였던 이병주가 '방태원(方太園)'이란 예명을 지어주었다. 고등학교를 졸업하고, 전쟁이 끝나고 1954년에 그는 대구 오리엔트레코드사에서 〈낙방과객〉을 비롯하여 6곡의 가요를 연속으로 발표했다. 그러나 사회 경제가 극도로 피폐한 전후 시대였던 만큼, 가수 출발 후 그의 생활은 그리 순탄하지 못했다.

힘겨운 여건 가운데에서도 그는 가수로서의 길을 멈추지 않았다. 1955년에는 고복수와 황금심 부부가 주도하던 악극단의 소속

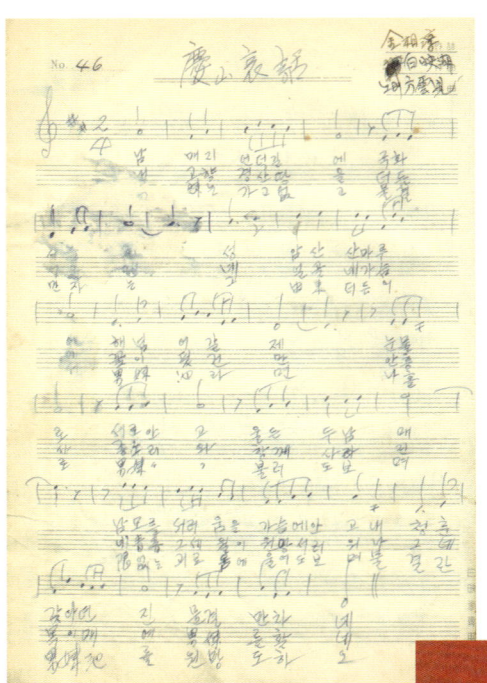

경산애화

가수 방운아

멤버로 전국 순회공연하러 다니면서 가수로서의 열정을 불태웠다. 이 무렵 작곡가 백영호와 만나 그의 각별한 사랑을 받게 된다. 그것이 인연이 되어 그는 서울 미도파레코드사 소속 전속가수가 된다. 이를 계기로 여러 편이 히트하게 되고 인기가수의 반열에 오른다. 이 무렵 백영호의 권유로 예명을 '방운아'로 바꾸었다. 〈마음의 자유천지〉 및 〈한 많은 청춘〉 등의 작품이 히트하면서 작곡가 박시춘으로부터 다수 작품을 받아 발표하고, 연이어 좋은 반응을 얻어 인기가수로 부각한다. 당시 가수는 극장의 쇼 무대를 중심으로 활동하였다. 레코드 음반을 통해 목소리로 대중에게 이름을 알렸고, 극장의 관중 앞 쇼 무대에서 노래 부름으로써 대중에게 직접 다가갔다. 1950년대 그의 전성기 때 히트했던 대표작으로는 〈부산행진곡〉〈여수야화〉〈인생은 나그네〉〈경상도 사나이〉〈오백년 고려성〉〈두 남매〉 등이 있다. 1960년대에는 해병군예대 소속으로 박경원, 최희준, 임희춘 등과 함께 활동하기도 했다. 산업사회로 접어들면서 전후와 60년대 가난했던 시대에 대중의 심금을 울렸던 노래도 차츰 세월 속에 묻혀버리고, 우리들의 기억에서 멀어져 갔다.

문화는 삶의 양식인 만큼, 당시 대중의 삶과 정서를 반영하기 마련이다. 대중문화의 핵심 장르인 대중가요는 더더욱 그렇다. 시대의 사회상과 대중의 평균적인 정서가 노래 속에 고스란히 녹아들어 있다. 방운아의 노래는 전후의 폐허 속에서 가난하게 살았던 당시 대중의 아픔과 외로움을 따뜻하게 달래주었다.

　(대사) 가도가도 끝이 없는 사막의 길/ 오아시스는 아직까지도 멀기만 한데/ 오늘도 카레반을 점찍은 대로 가는구나/ 밤이 오면 모닥불에 들로 앉아서 십자성에/ 점을 치면 망향가를 불러보자/ 낙타도 고향이 그리워 긴 한숨을 쉬는구나

　　자고나도 사막의 길 꿈속에도 사막의 길
　　사막은 영원의 길 고달픈 나그네 길
　　낙타 등에 꿈을 싣고 사막을 걸어가면
　　황혼의 지평선도 고향도 애달프다.

　김능인 작사 손목인 작곡의 〈사막의 한〉이다. 당시 가요의 특징적인 한 부분이겠지만, 멜로디가 시작하기 전에 대사가 먼저 나온다. 그 노래를 부른 가수가 아닌, 다른 사람의 목소리를 통해 노래 속의 감정을 극화시키는 역할을 한다. 도입부의 대사는 1절뿐만 아니라, 2절이 시작할 때 들어가기도 한다. 이 같은 형식의 특징을 볼 때, 당시 대중가요는 가사 속에 뚜렷한 메시지를 담아 전달하는 데 무게를 둔 것으로 보인다. 이 노래는 1950년대 전후 시대를 살았던 대중의 정서적인 풍경을 비유적으로 잘 드러내고 있다. 인생살이를 끝이 보이지 않는 사막의 길로 인식한다. 낙타 등에 꿈을 싣고 험난하고 외로운 길을 걷지만, 희망의 오아시스는 멀기만 하다. 고향 떠난 나그네 신세가 되어 저 멀리 까마득한

황혼의 지평선을 바라보니 고향 생각이 절로 나서 애달프기만 하다. 그의 또 다른 히트곡인 〈인생은 나그네〉에서 "웃고 오는 인생이냐 울고 가는 나그네냐/ 대장군 마루턱에 고향집이 그립구나/ 짓궂은 운명 속에 떠다니는 뜨내기 몸/ 돌뿌리 사나운데 눈물 속에 길은 멀다"라고 했다. 고향을 그리워하는 나그네의 이미지가 선명하게 드러난다. 황폐하고 암울한 시대를 배경으로 하는 방운아의 이러한 노래는 삶의 고달픔과 고향에 대한 그리움을 애잔하게 드러내고 있지만, 세상살이의 절망감을 말하는 것은 아니다. 상처를 어루만지고 외로움을 달래는 것은 인생에 아직 희망이 있음을 암시하는 것이다.

방운아의 목소리는 잔잔하면서 정겨움이 넘쳐난다. 남성의 저음을 깔고 있으면서도 탁 트인 맑고 순한 성음은 사람의 마음속 깊이 파고든다. 그는 억지로 가성을 내지도 않고, 무엇을 향해 소리 높여 외치지도 않는다. 마치 부드러운 손으로 아픈 상처를 어루만지는 듯이 흐르는 물처럼 애잔한 감정을 흘려 보낸다. 한국 근대 가요사에서 가수 방운아의 위치는 절대 가볍지 않다고 생각한다. 지금까지는 그에 대한 별다른 주목이 없었는데, 조만간 그의 고향인 경산에 노래비가 세워질 계획이라고 한다. 이를 계기로 가수로서 그의 삶과 그가 불렀던 노래가 재조명되고, 방운아가 사랑받는 추억의 가수로 거듭나기를 기대한다.

방운아가 남긴 경산에 관한 노래다. 남매지 전설을 소재로 한 김상순 작사, 백영호 작곡의 〈경산애화(慶山哀話)〉다. 그는 분명히 고향 경산을 사랑한 가수였으리라.

　　남매지 언덕길에 국화 시들 제
　　성암산 산마루에 해 넘어 갈 제
　　눈물로 서로 안고 울던 두 남매
　　남모를 서러움을 가슴에 안고
　　내 청춘 갔다 던진 물결만 차네

　　내 고향 경산 땅을 더듬어 올 땐
　　네 얼굴 네 가슴에 꽃이 피건만
　　안흥사 종소리와 함께 살아진
　　네 청춘 그 세월이 원망스러워
　　나그네 목이 메어 남매를 찾네

　　남매는 가고 없고 물결만 자는
　　그 유래 더듬어서 남매지라면
　　나 홀로 남매 남매 불러도 보며
　　한없는 괴로움에 울어도 보며
　　물결 잔 남매지를 원망도 하오

에필로그

일상공간의 의미 발견

일상공간의 의의

  우리는 매일 비슷한 형태의 생활을 반복한다. 더러 나와 관련된 커다랗고 놀랄 만한 일이 일어나기는 하지만, 대체로 잡다하고 시시한 일이 오늘도 어제와 마찬가지로 이어진다. 이 같은 사소한 일로 점철되는 생활을 일상이라 한다. 일상은 매일 반복되기 때문에 그것이 가지는 의미조차도 시시하고 가치 없고 무질서하다고 느낀다. 그래서 대부분은 멋지고 근사한 삶을 꿈꾸며 일상에서 벗어나고자 한다. 내가 있는 일상의 '지금의 이곳'을 벗어나 경이롭고 화려한 장소에 도달하기를 희망한다. 일상은 지루하고 가볍고 가치 없다는 오해가 작용하기 때문이다. 그러나 우리가 여행을 떠나면서 금방 돌아올 것을 걱정하는 것과 마찬가지로 일상을 벗어나면 불안하고, 사건 사고로 일상이 깨어지면 육체적으로나 정신적으로 얼마나 많은 고통을 받는가. 이는 우리의 삶이 일상적인 것으로 구성되어 있음을 말해 준다. 일상이 나를 지탱하는 바탕이고 나와 타인을 구분해주는 나의 정체성이라는 뜻이다.

우리의 일상은 시간과 공간의 교직(交織)에 의해 이뤄진다. 하루의 일상은 시간 속에서 인식되지만, 그것의 구체적인 흔적과 기억은 공간과의 마주침에서 발생한다. 우리의 삶은 일상적인 공간을 떠나서는 성립할 수 없다. 일상공간은 현재 내가 사는 공간이다. 그것은 우리 삶의 현장이면서 살아 있음의 바탕이다. 즉, 존재의 근본이다. 우리가 항상 소비하는 공간으로서 일상공간은 인간의 삶이 가장 뚜렷하게 녹아있는 공간이다. 그래서 인간 삶의 진정한 모습과 의미는 일상공간에서 찾을 수 있다. 특별하고 경이로운 공간으로의 진입도 일상공간을 통해서만 가능하다. 삶의 참모습과 진실한 의미가 깃든 일상공간은 우리 삶을 표시 나지 않게 지탱해 주는 숨은 지주라 하겠다.

하나의 공간으로서 '장소'(공간과 대립하는 의미로 사용하기도 하는데, 여기서는 구분하지 않음)는 개인의 존재를 확정해 주는 토대인 동시에 사회적인 의미를 생성하는 계기이기도 하다. 장소는 사회적인 측면에서 중요한 요소로 인식된다. 어떤 "한 장소에서 거주하는 인간은 자신이 처한 장소와 지속적으로 상호작용"하고, "이 과정에서 인간의 개인적, 집단적 자아의 형성에 장소가 관여"(전종한 외,『인문지리학의 시선』, 논형, 2008, 41-42쪽)하게 마련이다. 그래서 이 세계의 다양한 의미를 생산하는 주체로서 한 인간에 대한 이해는 그가 처한 장소를 이해하는 데에서부터 시작되야 한다.

현재 우리가 살아가는 일상공간은 사소하고 시시하다. 너무나 시시하여 관심의 대상에서 언제나 제외되었던 공간이다. 그런데 일상공간에는 매일 내 삶의 의미가 조금씩 쌓인다. 순간적으로는 사소하고 초라하지만, 세월의 흐르고 나면 그 의미는 전혀 가볍지 않게 된다. 그만큼 세월과 함께 두꺼운 의미 지층이 형성되기 때문이다.

일상적으로 매일같이 퇴적되는 의미들이 결코 가볍지 않음을, 우리는 인간의 삶을 통해서 본다. 이렇게 일상의 편린들이 쌓인 일상공간의 의미 지층은 두껍다. 인간의 삶의 무게를 실어 나르기 때문에 두껍고 무겁다. 몇 십 년 혹은 몇백 년의 세월이 퇴적되어 있는지 모르기 때문에 그 무게를 가늠할 수 없지만, 두껍고 무거운 의미의 지층, 그 위에서 우리는 오늘을 산다. (박승규,『일상의 지리학』, 책세상, 2009, 27쪽)

이처럼 일상공간은 우리 삶의 의미가 퇴적해 있는 중요한 공간이다. 지금 우리는 이러한 일상공간의 중요성을 재인식하고 그것의 의미를 발견하는 방법을 모색할 때이다.

내부자의 시선으로 낯설게 바라보기

우리 생활이 진행되는 현장으로서 일상공간에는 삶의 다양한 이야기와 의미가 퇴적해 있다. 일상의 가볍고 사소한 의미가 쌓여 두꺼운 의미 지층을 이룬다고 하겠다. 하지만, 아무리 두꺼운 지층을 가지더라도 그것을 발견하지 않으면, 소중한 의미는 매장된 채 지나가고 말 것이다. 일상공간은 누구에게나 낯익고 익숙하다. 그것을 객체화하여 의미를 발견하기란 그리 쉽지 않다. 대부분은 일상에서 접하는 공간의 의미를 거의 인식하지 못하고 지나간다. 매일 접하여 익숙해진 것에 대해서는 본능적으로 인지적 충격이 따르지 않기 때문이다. 그렇다 하더라도 우리가 조금만 고정된 시선에서 벗어나면 일상공간의 의미를 제대로 파악할 수 있다.

첫째는 일상생활은 단조롭고 시시하므로 탈출해야 할 대상으로 인식토록 부추기는 이상주의적 관점에서 벗어나야 한다. 이러한 삶을 떠난 생각은 비슷한 패턴으로 이어지는 일상이 지루하고 무의미하다고 규정한다. 특이한 현상이나 놀랄만한 사건은 강한 인지적 충격으로 와 닿지만, 우리 일상 무대에서 그런 일은 자주 일어나지 않는다. 이상적인 시선은 일상공간에 대한 시선을 가리기 쉽다. 일상이 인간 존재를 지탱하는 바탕임을 인식해야 한다.

둘째, 교과서나 수업 현장에서 화제가 되는 것은 일상적인 것과 거리가 먼 특별하고 경이로운 것이 주를 이룬다. 특별하고 역사적인 사건이나 유적이 시공간적으로 현재와 어떤 관계에 놓여 있는지에 대한 교육적 성찰이 미치지 못하고 있다. 교과서에 다루어지는 사건과 장소는 늘 과거 역사 속에 있고, 특별히 선택된 사람만이 체험할 수 있는 것으로서 나와는 무관하다는 생각을 갖도록 해주는 것이 문제라는 말이다. 가령, 특정한 장소에 소속된 역사적 유물을 두고 보자. 보통 그 장소의 역사성만 중시하고 그곳에 도달하게 되는 과정인 현재의 시공간적 의미는 무시하거나 생략하고 만다. 어떤 공간의 객관적인 정보만을 부각시키는데 급급할 뿐, 그것과 주체인 '나'가 맺는 관계에 대해서는 주목하지 못하는 것이다.

셋째, 공간과 장소의 기능적인 측면을 강조해서는 안 된다. 일상생활에서 접하는 공간을 기능적인 측면에서 인식하면, 그것은 하나의 물리적인 공간에 지나지 않는다.

공간에 대해 겉으로 드러나는 것만을 기술하는 것은 공간을 토대로 살아가는 사람들의 삶을 설명하지 못한다. 그 공간에서 역동적으로 살아가는 인간의 삶이 소거되고, 공간이나 장소에 담겨 있는 사람들의 다양한 삶의 이야기가 사라지기 때문이다. 삶의 모습이 소거된 뒤 남는 것은 사전적 의미의 '공간(空間)' 뿐이다. 아무것도 담겨 있지 않은, 인간과 인간 사이에 존재하는 빈자리만 남게 된다.(박승규, 앞의 책, 43쪽)

일상공간의 의미를 찾는 것은 그것이 수행하는 기능을 드러내는 것이 아니라, 객관적인 기능 너머, 그 공간에서 살아가는 사람들의 이야기에 관심을 갖는 일이다. 다양한 이야기 속에는 사람들의 역동적인 삶의 구체성이 배여 있기 때문이다. 이러한 삶의 역동성을 발견하기 위해서는 일상공간 밖에서 객관적인 시각으로 바라볼 것이 아니라, 그 내부로 들어가 내부자의 시선으로 바라보아야 한다. 밖에서 외부자의 시선은 공간의 객관적이고 기능적인 의미에 초점이 맞춰지기 마련이다. 그리고 공간 현상에 머물므로, 그것을 단순화 혹은 추상화시키기고 만다. 내부자의 시선으로 바라보아야 일상공간의 두꺼운 의미 지층을 발견할 수 있다. 가령, 경산 재래시장을 예로 들어 보자. 기능적인 측면만 보면 경산시장은 잡다한 물건을 사고파는 공간에 불과하다. 시장의 기능만을 보게 되면, 그 속에 두꺼운 지층을 이루고 있는 공간의 다양한 의미는 사장되고 만다. 그동안 경산시장이 오늘에 이르기까지의 쌓아온 역사적인 의미와 오늘날 처한 여건과 거기서 살아가는 사람들에 대한 관심과 이해가 선행될 때 경산 시장이란 공간의 진정한 의미가 부각될 수 있다.

넷째, 낯익은 일상공간을 낯설게 보아야 된다. 의미는 의식의 차이와 충돌에서 발생한다. 익숙해진 일상공간은 우리가 매일 마시는 공기와 같다. 그것이 우리의 삶을 지탱해 주는 토대이지만, 너무나 익숙하여 인지하지 못한 채 지나치고 마는 것이다. 선입견과 관습에 의해 공간의 의미가 고정되면 아무런 변화나 차이를 드러내지 못한다. 고정된 선입견을 깨는 일이 중요하다. 즉, 매일 접하는 일상공간이지만, 관습대로 수동적으로 받아들이지 않고 새로운 각도에서 낯설게 보아야 한다. 공간의 익숙한 기능의 표면을 뚫고 안으로 들어가 사람들의 속 이야기를 찾아내는 것이 중요하다.

경산지역 공간의 잠재적 가치 발견

경산시 홈페이지에서 경산시는 "포항, 경주, 울산, 부산 등 남동쪽 지역에서 대구로 진입하는 관문의 역할을 하는 곳이다. 또한 경산시는 대구광역시와 연접하여 있는 관계로 대구의 일상생활권 내에 속해 있는 대도시 근교 주변지역으로서의 성격을 강하게 지니고 있다."라고 소개되고 있다.

여기서 공간의 가치와 특징을 어떻게 인식하느냐가 매우 중요함을 암시받는다. 경산은 '대구'라는 대도시의 주변에 있는 위성도시에 불과하다고 보는 것은 근대산업사회로 이행하면서 대도시를 문화의 중심에 두는 가치관을 그대로 반영하는 것이다. 도시와 주변,

대도시와 위성도시, 중심문화와 주변문화와 같은 구분은 근대 자본의 논리가 낳은 왜곡된 관점에 의해 파생된 것으로서, 지리학적인 측면에서 시급히 청산되어야 할 부분이다. 후기자본주의사회, 즉 포스트모더니즘 문화에서 중심은 해체되었다. 오히려 주변의 다양한 가치의 고유성을 존중한다. '경산시'가 스스로 자신을 대구에 종속된 위성 도시로 인식하는 것은 바람직하지 못하다. 이는 그간의 정책이 공간의 외형을 개발하고 개선하는 일만이 전부라고 생각하고, 그것의 내재적 가치를 찾아 주민 공동체가 함께 호흡할 수 있도록 일깨우지 못했기 때문이다. 경산시를 대도시인 대구의 시각에서 보지 말고, 경산시의 고유성을 존중하는 시각에서 바라보아야 한다는 것이다. 우리는 공간의 의미와 가치를 새롭게 인식할 필요가 있다.

그것이 문화공간이든 행정구역이든 간에 하나의 지역은 우선 공간적 실재로서 의미를 가진다. 어디에 있느냐 하는 것은 존재를 밝히는 우선적인 요소다. 도시, 농촌, 산악 지역, 바닷가, 평야 지대 등은 모두 지리적 조건에 따라 이름 붙여진 지역의 특징적 명칭이다. 이러한 명칭은 다양한 내포를 지닌다. 가령, '평야지대'를 생각해 보자. 이곳에 거주하는 사람들은 주로 농사에 종사할 것이고, 땅이 넓고 비옥하니 풍요로운 생활과 문화를 누릴 것이다. 이처럼 지리적 공간 조건은 물리적인 차원으로 그치는 것이 아니라, 인간 삶의 존재양식에까지 영향을 미친다. 공간은 인간 삶의 조건인 셈이다. 그래서 인간은 공간적인 존재라 할 수 있다.

사람은 이 세상 공간에 던져진 자리에서 자신을 만들어 간다. 어떤 나무를 토양이 다른 장소에 옮겨 심으면 쉽게 뿌리를 내리지 못하는 것과 같은 원리로 사람도 자신이 발붙이고 사는 공간에 길들여진다. 그 공간과 조화를 이루면서 살아가는 것이다. 따라서 공간은 삶의 터전이면서 동시에 삶 자체다. 자신이 태어난 곳, 유년시절과 동무와 함께 뛰어놀았던 들녘과 개울가, 자주 들렀던 가게, 공부하던 학교 등에 관한 기억은 각 개인을 규정하는 실핏줄과 같은 부분이다.

우리는 공간에 구체적으로 위치하면서 주어진 삶의 순간을 살아간다. 공간은 물리적인 조건으로 작용하지만, 마음이나 기억 안에서 어떤 심리적 정서나 가치로 남을 수도 있다. 전자를 외적 공간이라고 하다면, 후자는 내적 공간이 될 것이다. 외적 공간이 삶의 조건이라면, 내적 공간은 삶의 가치를 확장시키는 기능을 한다.(철학아카데미, 『공간과 도시의 의미들』, 소명출판사, 2004, 14쪽) 이렇게 볼 때 같은 물리적 공간을 두고도 그것이 개인에게 작용하는 의미와 가치는 차이가 날 수밖에 없다. 같은 공간에 반응하는 개인차가 크기 때문이다. 주어진 공간의 의미와 가치를 파악하고 자긍심을 가지는 사람은 그 공간을 자기 삶의 긍정적인 활력소로 받아들일 것이다. 반면에, 공간이 가지는 불편하고 부정적인 부분만을 확대하면, 그 공간은 자신의 삶을 피곤하게 하는 요인으로 작용할 것이다. 갈등과 불화가 극단에 이르면 그곳을 떠날 수밖에 없다.

  '경산시'와 같은 한 지역이 발전하고 사람 살기 좋은 고장이 되기 위해서는 구성원이 자신이 위치한 공간에 대해 애정과 긍지를 가지는 것이 무엇보다 중요하다. 애정은 공간에 머물게 하는, 즉 그곳에서 오랫동안 살아가도록 하는 원동력이기 때문이다. 살기 좋은 공간에는 떠나는 사람보다 몰려드는 사람이 많기 마련이다.

  좋은 공간을 조성하는 방법은 일차적으로 공간의 외적인 조건을 쾌적하게 바꾸는 일이다. 경산시 도심을 흐르는 남천강을 정비하여 새로운 공간으로 조성하는 사업이 바로 좋은 예가 될 것이다. 그런데 이러한 외적 공간의 변형도 중요하지만, 이에 못지않게 겉으로 드러나는 공간 현상 너머에 쌓인 공간의 잠재적 의미 두께를 발견하는 것도 소중한 일이다. 즉, 물리적인 공간 내면에 잠재하는 정신적인 의미와 가치를 발견해야 한다. 이는 공간의 정신적인 정비와 개조라고 할 수 있는데, 개인이 구체적인 공간에 대응하면서 찾기 어려운 가치와 의미를 미리 구성하여 교육적인 차원에서 제공하는 방법이 될 것이다. 물론 가장 중요한 것은 그 장소에 발붙이고 사는 개인의 의식과 태도다.